VE**RE**DAS

A revolução dos cães

Domingos Pellegrini

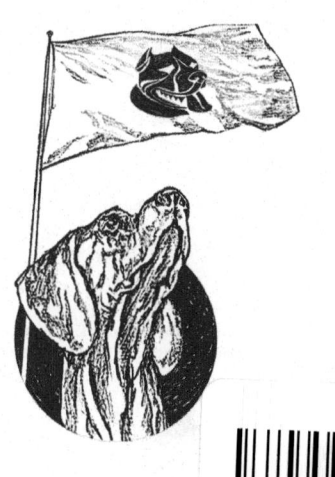

1ª edição

© DOMINGOS PELLEGRINI, 2014

COORDENAÇÃO EDITORIAL	Maristela Petrili de Almeida Leite
EDIÇÃO DE TEXTO	Marília Mendes
COORDENAÇÃO DE EDIÇÃO DE ARTE	Camila Fiorenza
DIAGRAMAÇÃO	Cristina Uetake, Elisa Nogueira, Michele Figueredo
ILUSTRAÇÃO DE CAPA E MIOLO	Rogério Borges
COORDENAÇÃO DE REVISÃO	Elaine Cristina del Nero
REVISÃO	Andrea Ortiz
COORDENAÇÃO DE *BUREAU*	Américo Jesus
PRÉ-IMPRESSÃO	Alexandre Petreca
COORDENAÇÃO DE PRODUÇÃO INDUSTRIAL	Arlete Bacic de Araújo Silva
IMPRESSÃO E ACABAMENTO	PSP Digital
LOTE	286599

Dados Internacionais de Catalogação na Publicação (CIP)
(Câmara Brasileira do Livro, SP, Brasil)

Pellegrini, Domingos
A revolução dos cães / Domingos Pellegrini. —
1. ed. — São Paulo : Moderna, 2014. —
(Coleção veredas)

1. Ficção brasileira I. Título. II. Série.

ISBN 978-85-16-09361-7

14-02121 CDD-869.93

Índices para catálogo sistemático:
1. Ficção : Literatura brasileira 869.93

Reprodução proibida. Art.184 do Código Penal e Lei 9.610 de 19 de fevereiro de 1998.

Todos os direitos reservados

EDITORA MODERNA LTDA.
Rua Padre Adelino, 758 - Belenzinho
São Paulo - SP - Brasil - CEP 03303-904
Vendas e Atendimento: Tel. (11) 2790-1300
Fax (11) 2790-1501
www.modernaliteratura.com.br
Impresso no Brasil
2019

Para Buck
e Baleia,

Jack London,
Graciliano Ramos
e George Orwell,

com a ajuda de
Rex, Faísca, Perigo,
Guarina, Tatinha,
Minie, Morena,
Maga e Miau,
Leta, Bravo,
Pingo e Paçoca

Maga
do Domingos Pellegrini

Paçoca
do Rogério Borges

Sumário

1. Uma cachorra comum, 9
2. No começo, era a ração, 12
3. Guerra doméstica, 16
4. Cães espertos demais, 18
5. Solta no mundo, 22
6. Primeiras palavras, 24
7. Aprendendo nas ruas, 28
8. Um milênio por ano, 30
9. Um dia cheio, 34
10. A ração proibida, 37
11. Mãe é mãe, 41
12. Uma nova espécie, 43
13. Sol, Lua e Estrela, 48
14. Filhos do amor, 51
15. Uma família feliz, 55
16. Mendigos da evolução, 58
17. Uma estranha família, 63
18. Entre gritos e latidos, 67
19. Enfim um lar, 72

20. Um dia de cão, 76

21. Dias felizes, 80

22. Vida de cachorro, 82

23. Um revolucionário, 87

24. Guerra Canil, 92

25. Uma doença estranha, 97

26. Uma batalha típica, 100

27. Um herói a caminho, 105

28. Ao redor das fogueiras, 108

29. Mãe e filho, 112

30. Explosiva rotina, 114

31. A pilhagem, 118

32. Bicho esquisito, 120

33. No labirinto, 124

34. Mães de aluguel, 126

35. Por quê?, 130

36. Mundo cão, 134

37. A mancha branca, 138

38. Cinzas do futuro, 141

39. A boa luta, 145

40. Enfim, festa, 148

41. Evolução, 153

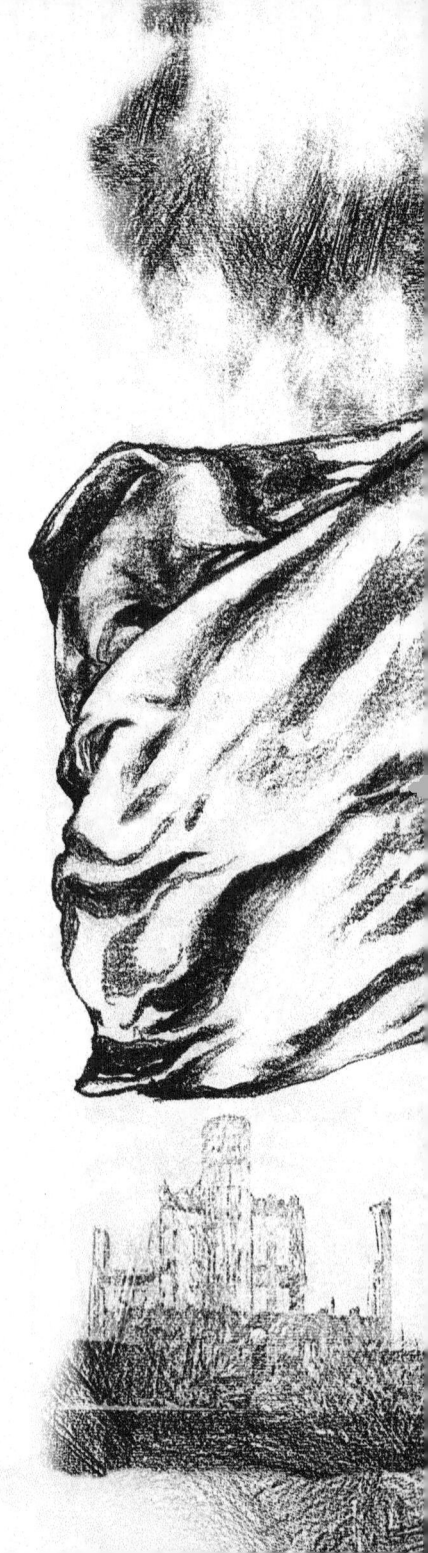

1. Uma cachorra comum

Leta ganhou este nome porque nasceu com dez irmãos e, como era a menorzinha entre tantos, não conseguia disputar as tetas. Sua mãe, então, depois de amamentar todos, pegava a filhotinha na boca e ia para o quintal, sumia entre os arbustos. Lá, amamentava sozinha a pequenina. Leta ia soltando gemidinhos dolorosos, contorcendo-se entre os dentes da mãe, e voltava adormecida de barriga cheia. Por isso, ganhou o nome de Predileta, que logo se tornou Leta porque, como disse a pessoa em cuja casa foi viver, não combinava nome tão grande para uma cachorra tão pequena.

Mas Leta cresceu e se tornou uma cachorra de tamanho médio, uma cachorra comum mas corajosa. Tinha, por exemplo, a coragem de, mesmo em dia de geada, ir ao jardim de manhãzinha esperar pelo jornal, que o entregador jogava por cima do muro. Às vezes, Leta conseguia abocanhar ainda no ar o jornal embrulhado em plástico e corria feliz para casa, entrando pela garagem e deixando o jornal ao lado da cama de sua dona, de quem às vezes recebia um afago, às vezes não.

Mas, como fazem os cachorros comuns, ao receber um afago Leta já tinha esquecido toda indiferença ou mesmo algum xingamento ou maltrato, como um pontapé quando se achava no caminho da dona, e abanava feliz o rabo preto com pinta branca na ponta. As orelhas também eram brancas, como as quatro patas, contrastando com o negrume luzidio da pelagem lanosa. Sua dona gostava de dizer para as visitas:

— A Leta parece vestida de gala, não é?

Mas, no dia a dia, a vida de Leta não era fácil. Vivia coçando pulgas na casa mal varrida, e também por causa do único banho por ano, no fim do inverno. No verão, as pulgas infernizavam a vida de Leta, e sua dona proibia de entrar em casa:

— Fica pra fora, cachorra pulguenta! — sem saber que, antes de viver com os humanos, os cachorros não tinham pulgas, porque viviam errantes pelas florestas e, como as pulgas põem ovos sobre as fezes dos animais, assim eles se livravam das pulgas. Leta tinha aprendido a fazer cocô, como dizia sua dona, numa caixa de papelão, e depois aquilo era jogado num buraco no quintal, para virar adubo. Virava ninho de ovos de pulgas, que geração após geração voltavam para viver na pelagem de Leta e chupar seu sangue.

Talvez por isso Leta tivesse uma vontade de ir além, ver de onde vinha aquele jornal que todo dia saltava o muro. Por uma fresta do portão, espiava outros cachorros que passavam pela rua e que não se coçavam. Quem sabe um dia pudesse sair e, lá fora, conhecer tudo.

2. No começo, era a ração

Lá fora, tudo começou com a ração, até se transformar na Revolução dos Cães.

Na verdade, tudo começou com os cereais ultragênicos, que não precisavam de inseticidas porque eram resistentes a insetos, mas causavam doenças nos consumidores. O governo ignorou isso, até que governantes também ficaram doentes, então os cereais ultragênicos foram proibidos – mas colheitas inteiras foram guardadas para virar adubo, conforme o governo.

Nessa época, entretanto, governo e ladroagem eram a mesma coisa, os partidos eram quadrilhas retalhando o poder a cada eleição; e a máfia encarregada do lixo simplesmente esvaziou os armazéns de cereais diretamente para os caminhões e navios das grandes fábricas de ração.

Ração para cães tinha se tornado um negócio tão grande quanto lucrativo, conforme foram aumentando as cidades, a solidão humana e a insegurança, fazendo do melhor amigo do homem um ser onipresente. Para se ter uma ideia, nesse tempo fecharam, por falta de público, quase todas as igrejas que não permitiam a presença de cães.

No terceiro milênio cristão, tanta gente passeava com cães pelas ruas que havia leis severas e muitas multas regulando a limpeza dos dejetos caninos e aumentando a renda do governo.

O congresso, pressionado pela imprensa e pelo eleitorado cinófilo, aboliu a proibição de cães em ônibus, trens e aviões. Algumas companhias aéreas já ofereciam dog-suítes nos aviões, para famílias com cão ou pessoa com muitos cães; era sinal de status andar com muitos cães.

As cidades eram uma mistura imensa de formigueiro humano com canil (aqui e ali, havia ilhas de gatos em apartamentos ou casas bem fechadas). Passear com cães tornou-se o esporte preferido, depois que as artroses e a gota, causadas por comer enlatados e embutidos, levaram legiões de obesos a queimar calorias pelas ruas.

Em cada bairro, clínicas faziam cirurgia vocal em cães, principalmente os de apartamento, para eliminar ou apenas baixar o volume dos latidos.

Cães custavam taxas e impostos a seus então chamados donos, mas, em compensação, tinham cinovias, cinotórios, cinódromos, dog-parques e até chip-coleira com ficha clínica e endereço – porque os cães, criados presos em casas sem quintal ou conhecendo terra só de terraços, continuavam com a mania de fugir para as ruas.

Como as vacas na Índia, tornaram-se símbolos de um modo de vida, respeitados e bem tratados, com um controle da natalidade que naturalmente garantia vida de qualidade: só podia ter cães quem deles cuidasse e da sua prole, ou deveria esterilizar os animais em clínica pública.

Depois de algumas pestes e epidemias, que vitimaram principalmente os cães de raça, o controle de doenças caninas tornou-se prioridade e mania nacional. Todos os cães eram ensinados a só deixar dejetos, sólidos ou líquidos, nas suas caixas com areia sanitária, como já faziam os gatos. E a chip-coleira, em cada cão, garantia o cadastro nacional de toda a população canina, como diziam os cinófilos, ou toda a cachorrada, como diziam os que não gostavam de cães.

Quem matasse alguém pela primeira vez, por paixão, podia ficar solto até o julgamento. Mas quem fosse pego com um cão sem chip-coleira pegava prisão imediata.

Políticos tinham vários cães para aparições públicas; por exemplo: para público feminino, um *poodle*; para público masculino, um pastor; para público misto, um labrador. E todos os artistas também tinham seus cães, com quem dividiam as fotos nas capas das revistas. Nas novelas de tevê, os cães só faltavam falar.

Era o que aconteceria logo depois que os cães começassem a comer aquela ração.

3. Guerra doméstica

Antes que os cães começassem uma guerra nacional, Leta já vivia sua guerra doméstica. Acontecia quando sua dona viajava, para férias ou para trabalho, deixando, para cuidar da casa e de Leta, uma cuidadora que sumia já no primeiro dia, e só de três em três dias voltava para encher a vasilha de água. Passar sede no terceiro dia, às vezes já no segundo dia, conforme o calor, era o de menos para Leta; pior era lutar contra os pombos e os ratos.

A cuidadora deixava a vasilha e também duas latas ou caixas cheias de ração, e então de dia os pombos pousavam na varanda para bicar ali, e de noite os ratos vinham roer. Leta mal dormia, apenas cochilava, para acordar com os ruídos e defender, mais que comida, seu território.

Ela não sabia que seus ancestrais lobos tinham sido nômades, palmilhando milhas e milhas todo dia para caçar, como não sabia que aquela mania de defender o território tinha começado quando os primeiros lobos passaram a viver com os humanos, depois de acompanhar as tribos para comer suas carcaças de caça e restos de churrasco. E, quando os humanos inventaram a agricultura e passaram a viver em povoados, criando animais como os porcos, os bois e as galinhas, aqueles lobos também deixaram de viver pelas florestas e campos, acomodaram-se em redor das fogueiras e casas humanas, ajudando na caça e ganhando afagos e agrados quando avisavam da chegada de intrusos ou mesmo avançavam contra eles.

Mas, agora, os intrusos no pequeno território de Leta, a varanda da casa, eram bichos que fugiam voando para o céu azul ou sumiam rápidos na escuridão. Quando sua dona voltava, achava tudo normal, porque cães não criam olheiras, e só quem gosta mesmo deles consegue ver em seus olhos tristeza.

Mas Leta recebia um afago, por ter empilhado os jornais no pé da porta, e então abanava tanto o rabo negro que a ponta branca até sumia no ar.

4. Cães espertos demais

A Humanidade tinha evoluído muito quando começou a Revolução dos Cães, mas ainda continuava com programas de tevê mostrando brigas, esquisitices, maníacos, inventores malucos, deformidades, doenças estranhas e, claro, animais treinados.

Assim, os primeiros a perceber que alguma coisa estranha estava acontecendo com os cães, foram os apresentadores de tevê. Nunca antes tinham apresentado tantos cães amestrados!

Onde já se tinha visto um buldogue, com aquela cara de mau, pegar delicadamente um ovo cru com as mesmas mandíbulas que podiam triturar um osso numa dentada!? E subia numa cadeira ao lado de fogão, que acendia apertando um botão; aí deixava cair o ovo numa frigideira, retirando a casca com duas mordidelas. Fazia gracinhas em redor do fogão, até que desligava o fogo e, enquanto a frigideira esfriava, ia dançar alguma coisa para as câmeras. Depois voltava para a frigideira e comia o ovo, indiferente aos aplausos do auditório e aos pedidos para dançar mais.

Cão dançarino foi o que mais se viu na tevê naqueles dias. Primeiro, um aqui, outro ali, depois duplas, trios, quartetos, quintetos de cães dançando com passos sincronizados, elegantes e leves como Fred Astaires de rabo, como se tivessem nascido para dançar.

Logo surgiram também os cães motoristas, dirigindo carros, sentados sobre pilhas de livros, com pernas de pau para alcançar os pedais, parecendo até sorridentes e orgulhosos de suas novas habilidades.

Não existiam mais circos cobertos de lona, os circos eram os próprios programas de tevê, transmitidos por satélite, e em poucos meses os cães desbancaram todas as outras atrações, a ponto de surgirem programas só de cães prodígios.

Ganhando fortunas em cachês para seus donos, surgiram cães equilibristas que até andavam na corda, cães palhaços, cães imitadores de gente, cães cantores (como foram chamados, mesmo que se limitassem a uivar, embora afinadamente, acompanhando músicas populares, no começo; depois, Bach, Mozart, Beethoven...).

Quando apareceram cães matemáticos, que em salas fechadas, sem qualquer contato com seus donos, conseguiam apontar as respostas certas para contas aritméticas, o pessoal das tevês começou a pensar:

— São cães espertos demais, não?

— Tanto que já estão cansando, a audiência canina está caindo.

Os produtores e patrocinadores falaram então com os donos dos cães:

— Vocês precisam maneirar, para que cães tão espertos? Cadê a velha e simples graça canina?

Pesquisas mostravam que muita gente começava a desligar a tevê, por ciúme humano contra a espécie canina!

— Mas não podemos fazer nada — revelaram os donos dos cães. — Eles aprendem sozinhos!

Ou talvez aprendessem um com o outro, enquanto esperavam nos bastidores, mas isso seria admitir que os cães se comunicavam inteligentemente. As igrejas condenavam tal conjectura e, pela primeira vez, editaram uma encíclica conjunta, que encerrava garantindo:

A linguagem é um dom divino reservado apenas para o homem!

Também pela primeira vez, a ciência concordou com as igrejas, todos os cientistas entrevistados tranquilizaram as pessoas quanto a seus cães:

— São apenas cães, certamente passando por um processo evolutivo acelerado pelo convívio com os humanos.

Mas não são nem serão capazes de falar, como anda dizendo a imprensa, porque cães não têm condições biológicas para isso, não têm aparelho fonador, não conseguiriam articular palavras mesmo que quisessem.

Por via das dúvidas, biólogos examinaram cérebros de cães prodígios mortos em exibições arriscadas, compararam com cães normais, desses que passam o dia dormitando, e descobriram:

— Os cães prodígios têm cérebro bem mais desenvolvido, em crânios maiores que a média!

— Mas nunca falarão — reagiram os linguistas —, a menos que mudassem a cabeça toda!

— Mas, se conseguiram aumentar, não conseguirão também mudar a cabeça?!

Bem, lembraram os zoólogos, o cão é o mais plástico dos animais, o único com tantas raças tão diferentes, do pequenino chiuaua ao grandalhão são-bernardo, todas a partir do mesmo esqueleto básico, de modo que...

5. Solta no mundo

Leta não queria fugir de casa, apenas dar uma olhada lá fora, num dia em que o jardineiro deixou o portão aberto. O jardineiro levaria uma bronca da dona, mas ele compreenderia Leta se soubesse que os cães tem olfato centenas de vezes mais apurado que os humanos. Eram tantos cheiros que nem se deve dizer que Leta foi andando pela rua, foi farejando, de cheiro em cheiro, aqui onde secou uma poça de óleo, ali onde caiu um dia um sorvete, e, nos postes, quantos cheiros de tantos cachorros!

Quando sentiu sede, olhou em volta procurando sua vasilha, e só viu asfalto, calçadas, postes, carros que passavam buzinando para a cachorra no meio da rua. Foi andar pelas calçadas, procurando água, um portão aberto de alguma casa onde decerto haveria água como na sua casa, e entrou, e foi enxotada com gritos e vassouradas, voltou para a rua e continuou a procurar. Se fosse uma loba, simplesmente farejando acharia a trilha de volta, até porque, além da sede, começava a fome, e a ponta branca do rabo ia apontando para baixo, mas era uma cachorra corajosa e, mesmo sem saber para onde, foi em frente.

6. Primeiras palavras

Aquela ração afetava primeiro o cérebro dos cães, na primeira geração. Estes teriam filhotes já com o cérebro maior, num crânio maior, e seriam mais inteligentes que seus pais prodígios.

Os cientistas, aturdidos com aquilo, não conseguiam entender por quê, o que afinal estaria modificando cães em todo o país? O efeito estufa? Ou...

Um comitê científico nacional, formado para examinar as rações, foi logo devidamente subornado pela máfia da ração, até os grandes cientistas tinham seu preço ou seus temores diante de ameaças. Os resultados dos exames não saíam nunca, os testes dependiam de mais coletas e mais testes para confirmação. Os cientistas esperavam que, com o tempo, o assunto fosse esquecido como todos os assuntos nos noticiários, mas, a cada nova ninhada de cães filhos dos primeiros cães prodigiosos, mais superprodígios passavam a encantar e assustar o mundo.

Com o tempo, no entanto, ninguém aguentava mais ver cães fazendo coisas que nunca tinham feito. Passaram a não ser mais exibidos como atrações nas tevês, mas atraíam multidões aos ginásios e estádios, primeiro como competidores de corridas, depois em jogos especialmente criados para cães.

Uma bola, cinco cães para cada lado, dois deles como goleiros, e o velho futebol de salão voltava a encher ginásios, sempre com público misto de gente e de cães.

Reportagens mostravam que parte do público canino, não se sabia como, comparecia sem seus donos, se é que tinham donos. Começaram os boatos de que cães prodígios, desaparecidos, andavam se encontrando em terrenos baldios, alta madrugada, para se espalharem de novo mal amanhecia.

Fizeram nos estádios pistas especialmente para cães, com lagoas, poças d'água, barreiras, lamaçais, paliçadas, ponte pênsil, rodas, engrenagens, armadilhas, tentações – e quase todos os novos cães passavam por todos os desafios, desviavam de todas as tentações. Apenas alguns dos novos ainda paravam de competir para comer carne ou roer um bom osso como qualquer cão, embora já fizessem isso com alguma dificuldade.

— Acontece que os focinhos estão encurtando — explicou na tevê um cientista. — E também as patas estão passando por transformação acelerada de uma geração para outra!

Mostrou um vídeo em que filhotes de terceira geração jogavam bola, não apenas chutando como seus pais, mas segurando com as patas dianteiras, "em pé" sobre as patas traseiras.

— Quando mostrei a eles um vídeo de esportes, para ensinar as regras do futebol, viram também handebol e...

Mostrou vídeo dos filhotes, já mais crescidos, jogando handebol e basquete, ainda desengonçados, a bola escapando das patas ainda meio primitivas, mas já meio desenvolvidas, os dedos esticando, as garras achatando, virando unhas.

— E na quarta ou quinta geração? — perguntou sorrindo o âncora do noticiário. — Eles vão virar o quê, gente?!

Não sei, respondeu sério o cientista:

— O certo é que alguma coisa está afetando os cachorros e não sabemos o que é.

Seu cão, ali a seu lado no estúdio, latiu em protesto:

— Ão! ão!

O cientista falou como quem confessa:

— Podem até pensar que estou ficando louco, mas o fato é que ele protesta sempre que falo *cachorro* em vez de *cão*.

O âncora meio que sorriu, meio que engasgou:

— Quer dizer que ele... entende nossa linguagem?

— Im — gemeu o cão. — Im!

— Não só está começando a entender — o cientista suava — como acho que está começando a falar, ou será que estou ficando louco?!

Ão, disse o cão, meio como se latisse, se bocejasse, no jeito mole de falar dos pioneiros novos cães:

— Ão — chacoalhando a cabeça. — Oco, ão!

— Eu... — o cientista agachou diante do cão — ...acho que ele está falando que eu não estou louco, não!

— Im — o cão chacoalhou a cabeça com vigor. — Im!

— Bem — o âncora voltou-se para a câmera. — Se os cães estiverem mesmo começando a falar, já sabemos que suas primeiras palavras *não* serão *papai* nem *mamãe*, mas *sim* e *não*! E agora nossos comerciais!

7. Aprendendo nas ruas

No fim do primeiro dia, Leta aprendeu o principal para viver pelas ruas: o medo. Viu na outra calçada uma mulher parecida com sua dona, e, cruzando a rua, de repente sentiu uma dor de lado e se viu arrastada pelo asfalto. Uma roda passou sobre uma pata e a moto continuou, mas ela ficou ali olhando aqueles bichos coloridos a passar com seus olhos mais brilhantes que a lua, alguns com dois olhos, outros com quatro, e com olhos também atrás. Um passou tão perto com seu bafo quente que Leta resolveu levantar apesar das dores, arrastando a pata. Foi para a calçada, aprendendo que ali não passavam aqueles bichos.

Numa esquina, viu uma casa sem portão, tão aberta que algumas mesas estavam na calçada. Sentou nas patas, para descansar a perna doendo, e um menino lhe jogou um pedaço do que comia, ela comeu, apesar daquilo ter caído no chão sobre uma ponta daquela coisa branca e fedida que solta fumaça. Olhou agradecida para o menino, e então uma mulher, de outra mesa, jogou outro pedaço, e ela comeu aprendendo que olhar com fome era um jeito de pedir e conseguir.

Foi para perto de outra mesa, olhou com fome para um homem, que lhe deu um chute e, em seguida, ganhou uma vassourada de uma mulher que veio lá da casa. Continuou, aprendendo a levantar a perna para não doer tanto, aprendendo a ir aos pulinhos só com três pernas, mas em frente, até alguma outra casa aberta com mesas e comida. Mas com sede, muita sede. Tantos portões, e nenhum era o portão de sua casa!

Para piorar, sentiu um cheiro forte quando deitou ao pé de um poste, ao menos ali sentia o cheiro de outros como ela, não se sentia tão sozinha. Mas aquele cheiro forte, de repente, era... era dela mesma! Era sangue, que de vez em quando saía dali debaixo do rabo, e Leta sabia que aquilo passaria, só não sabia tudo que passaria por causa daquilo.

Continuou em frente, e logo um cachorro sentiu na brisa aquele cheiro e começou a procurar.

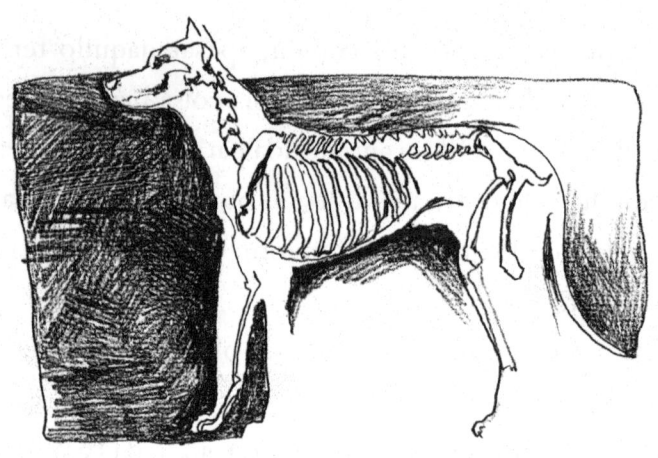

8. Um milênio por ano

Um famoso antropólogo, que não conhecia os exames biológicos feitos nos cães mutantes, pensou que tudo não passava de mais um grande embuste, como os que as tevês armavam de vez em quando para aumentar audiência. Complôs terroristas. Assassinatos em série. Celebridades desaparecidas. Quadrilhas fantásticas. E tudo desaparecia dos noticiários quando o público cansava e a audiência baixava.

Com isso, o povo tinha se tornado desconfiado, cético e amargo. Que de bom podia vir de cães falantes? Então alguns cientistas, como o antropólogo, acharam-se no dever de aclarar o debate nacional sobre a causa e o destino das mutações caninas: os cães evoluiriam até superar os homens? Tomariam conta da Terra, escravizando a Humanidade? Ou homens e cães dividiriam o domínio do planeta? Era o que se discutia em grandes mesas-redondas nas tevês e até nas universidades, nas casas e nos bares.

No programa campeão de audiência, o antropológo tentou ser bem claro:

— Os cães originaram-se dos lobos, tanto que algumas das raças caninas são muito semelhantes ao lobo, como os cães pastores. Domesticados pelo homem e levados aos mais diferentes climas do planeta, os cães foram desenvolvendo habilidades exigidas pelo ambiente. Os olhos de um *husky* parecem metálicos, preparados para enfrentar o ambiente gelado e branco do polo. Já o cão pequinês, criado para dormir na soleira de seu dono nos palácios chineses, como último sentinela contra um ataque noturno, o pequinês é pequeno, de sono muito leve e latido muito alto...

Cidades inteiras ouviam a entrevista, humanos e cães igualmente interessados.

— A história do corpo humano é conhecida só até o tempo de que temos fósseis, para comprovar como éramos realmente há *dezenas* de milhares de anos. São esqueletos conservados pela argila de cavernas desabadas, por exemplo. Mas mesmo conservados assim, ossos não são eternos, e não sabemos como éramos há *centenas* de milhares de anos. Não éramos ainda hominídeos, ou quase-humanos, cujos esqueletos conhecemos. Éramos antropoides, menos que humanos e mais que macacos, mas desse tempo não temos esqueletos, totalmente dissolvidos – como também os esqueletos dos animais domesticados, como o cão.

– Para de enrolar – resmungaram milhões de telespectadores. – Vai logo ao ponto!

– Por isso, alguns acreditam que todos os cães vieram do lobo, outros acreditam que os cães têm várias origens, como alguns acreditam que a Humanidade começou no Sul da África, enquanto, para outros, começou também em Pequim e até em outros pontos. Mas, voltando aos cães, tenham tido uma origem só ou várias, o certo é que, para evoluírem com tamanha rapidez como esses cães de hoje, precisariam evoluir milênios num ano!

Era o que estava acontecendo, sempre que um cão mutante cobria uma cadela mesmo que normal, ou quando uma cadela mutante era coberta por qualquer cão. Os filhotes já nasciam mutantes como o pai ou a mãe – e, comendo também daquela ração, logo se tornariam mais mutantes, para gerar filhotes ainda mais mudados.

Matilhas cada vez maiores eram vistas à noite nos descampados, nos armazéns abandonados. Com o dia, sumiam – cada um a cumprir sua missão: fecundar mais fêmeas, para gerar mais mutantes.

Cadelas sumiam de casa, voltavam prenhas. Cães invadiam até apartamentos, emprenhavam cadelas tão depressa que muitos donos nem percebiam. E, enquanto continuava o grande debate sobre os cães mutantes, e não saíam os resultados da comissão científica, as pessoas foram se dividindo em dois tipos: os que passaram a temer e detestar cães, e os que passaram a gostar deles ainda mais.

E, na máfia, alguém tinha de explicar aos chefões:

– Ué, falaram pra vender milhões de toneladas de grãos pelo melhor preço, não foi? Preço bom só se fosse pra ração de boi, porém boi a gente come, e também carneiro, porco, galinha. Mas gente não come cachorro, não é? Então... vendemos aquilo para ração de cães!

9. Um dia cheio

Leta ainda mancava quando se viu seguida por um cão cinzento, tão magro que se viam as costelas, e que não desgrudava o focinho de seu rabo, querendo farejar lá embaixo, ela baixava mais o rabo, enfiava entre as patas. Ela parava, ele parava, e queria subir nela, ela continuava, ele continuava atrás, sempre com o focinho ali. Mas Leta até esquecia dele, fechando os olhos e vendo uma vasilha de água que, tão logo abria os olhos, desaparecia.

Mas seria aquele cão que lhe ensinaria como achar água, lambendo uma torneira de um jardim com portão aberto. A torneira gotejava, e ele mostrou como sugar aquela boca de metal. Depois deixou Leta sugar e, enquanto ela sentia cada gota molhando a língua, ele jogou duas patas sobre ela e, tão sedenta, ela continuou sugando a torneira e ele começou a procurar alguma coisa atrás dela com uma pata. Quando ela percebeu que não era uma pata, ganiu de dor, tentou se livrar, mas aquilo a prendia ao cão como se fossem um só.

Depois que finalmente ele saiu, ela voltou a sugar a torneira, até chegar um daqueles bichos de olhos de clarão, e ela voltou para a rua. Ao menos voltava com menos sede. Mas logo tinha outro cão atrás, menor, mas mais insistente. Ela viu lá longe uma daquelas casas abertas com muitas mesas, e novamente ganhou pedaços de comida, disputando com o cão que continuava atrás, tão insistente que parecia querer entrar nela com o focinho. Até que, num instante em que ela descuidou para roer um osso, ele entrou, saltitando nas patas porque era mais baixo que ela, mas, depois que entrou, pareceu crescer e, de novo, ela não conseguiu se livrar. As pessoas das mesas riam, e novamente alguém apareceu com uma vassoura, correram os dois engatados, tropeçando, ganindo, ela com tantas dores que queria morder aquele cão, mas ele estava lá atrás, saltitanto nas patas e resfolegando como se estivesse gostando daquilo.

Quando finalmente ele saiu, ela sentiu mais sede que nunca, a língua ardendo, a garganta ardendo. Aquela comida tinha alguma coisa muito diferente de tudo que tinha comido pelas ruas, tantos sabores, tão diferentes da ração sempre a mesma, com o mesmo cheiro, o mesmo gosto. Mas agora aquela comida, que alguém tinha tirado de uma garrafa vermelha, ela lembrava aprendendo, era tão diferente que nunca mais comeria depois de sentir aquele cheiro ardido também. Água, queria água.

Andando a procurar algum portão aberto para alguma nova torneira, nem viu quando chegou por trás mais um cachorro, agora muito maior que os outros. Com seu porte médio, Leta tinha se livrado de ser cachorrinha de brinquedo, dessas que vivem no colo de gente, tão carregadas para lá e para cá que até desaprendem a andar, com roupas no frio e até no calor, sem poder tirar, entre nuvens de talco e doloridos carinhos de crianças. Mas agora seu porte não a livrava de ser coberta pelo cachorrão, que mal farejou atrás dela e... Doeu muito, e o cachorro era tão grande que quase sufocou debaixo dele, sua baba lhe melecando a cabeça. Ficou quieta. Esperou.

Finalmente, quando ele saiu, Leta procurou um portão aberto, para sair da rua, mas só achou um terreno coberto de capim, por onde se enfiou, o coração batendo na cabeça, nunca tinha entrado num capinzal, e escurecia. Enrolou o corpo, cobriu-se com o rabo, enfiando a cabeça quase na barriga, e viu que não era ruim ali, era bom, os roncos vinham de longe, fechou os olhos, vendo uma vasilha cheia de água e até, com tanta fome estava, outra cheia de ração.

10. A ração proibida

Os filhotes mutantes pareciam falar entre si, logo que abriam os olhos ao fim da primeira semana, não mais ao fim do primeiro mês como os cães normais. Mamavam e depois, em vez de cochilar como cães, "conversavam" esfregando as cabeças, ganindo e gemendo, como se tivessem coisas para contar ou por perguntar, mesmo que ainda não tivessem voz.

Encontravam-se na rua duas pessoas e, enquanto conversassem, seus cães, em vez de se cheirar como sempre, grunhiam, parecendo também querer falar, mascando o que deviam ser palavras, conforme alguns; para outros, era apenas espanto e aflição de se verem mudando tanto. Alguns já nem conseguiam latir com seus focinhos curtos, embora assim pudessem se beijar como os humanos. Fez muito sucesso o primeiro casal de cães beijoqueiros, depois isso podia ser visto em qualquer rua e perdeu a graça.

Ao mesmo tempo, notou-se que os cães ganhavam vergonha: não mais faziam cocô ou xixi nas calçadas, e não gostavam de ver cães antigos ainda cobrindo cachorras na rua.

Fabricantes de apetrechos sanitários protestaram, mas, conforme mais e mais ninhadas mutantes nasciam, menos cães sujavam as ruas.

Em casa, tornaram-se tão limpos quanto gatos, fazendo cocô só nos caixotes com areia, urinando só nos ralos do apartamento ou no jardim da casa, jamais latindo à toa, jamais cavocando, mordendo pés de cadeira ou estraçalhando roupas, nada dessas coisas que antes os cães tanto gostavam de fazer.

— Parecem gente — cada vez mais gente dizia isso diante de uma ninhada crescendo.

Os cãezinhos como que adivinhavam os pensamentos humanos, obedeciam prontamente, faziam cada vez mais tarefas, agiam em conjunto como um pelotão treinado, pareciam conversar horas esfregando focinhos nas orelhas dos outros.

Linguistas gravaram e estudaram aquela nova linguagem, e não foi preciso muito estudo para revelar aturdidos:

—Tudo indica que estão começando a praticar uma linguagem, principalmente através de vogais — a, e, i, o, u —, exatamente como supomos que devem ter feito os primeiros falantes humanos há milhões de anos.

— Aliás, é uma linguagem imitativa da linguagem humana, e parece que estão começando a usar também algumas consoantes, as que podem pronunciar com seu aparelho fonador primitivo em relação ao humano.

Dava dó o esforço dos cães para falar, primeiro ouvindo os humanos com atenção, depois tentando falar entre eles:

— Om ia! (bom dia)
— Omo ai? (como vai?)
— Ou em, e uê? (vou bem, e você?)
— Am em.

O povo continuou se dividindo entre os cachorreiros e os anticães, como mutuamente se chamavam. Os cachorreiros agora, além de levar os cães para dormir dentro de casa, em quartos próprios como se fossem filhos, até falavam com eles, mostrando livros de arte e filmes, e alguns começaram a contar histórias antes de o cão dormir.

Os anticães, ao contrário, passaram a morar só em prédios sem cães, formando novos partidos políticos e associações de defesa humana; sempre de botas contra mordidas, luvas de couro e cassetete elétrico; era fácil reconhecer um anticão militante.

Pressionados pelos novos partidos pró e anticão, o governo obrigou a comissão científica a cumprir um prazo para relatar suas pesquisas — e o relatório foi então bem claro, até porque já estavam acabando os estoques das rações ultragênicas:

Os testes químicos na ração, cruzados às pesquisas com animais consumidores, indicam que a causa de acelerada degeneração ou desenvolvimento, nos cães, está em certos elementos químicos sinergizados dos cereais ultragênicos.

Estardalhaço, pandemônio, escândalos em penca, demissões em série, desculpas públicas, toneladas de processos, passeatas caninas e anticaninas, os acontecimentos se atropelavam como ondas de um maremoto sem fim, conforme um poeta. E foram instauradas rigorosas sindicâncias e profundos e amplos inquéritos, que a nada chegaram porque afinal a ração já estava mesmo proibida, até porque já havia acabado os estoques. E os linguistas traduziam pequenos diálogos de cães vizinhos, aparentemente uivando para a lua mas na verdade conversando acima dos muros e das cercas:

— Por que existe tudo isso, tantas estrelas?
— Também não sei, mas não é interessante?

11. Mãe é mãe

Conforme a barriga crescia, Leta aprendia tanto a viver nas ruas que esqueceu completamente sua antiga casa. Não procurava mais seu portão, procurava qualquer portão, para mais uma torneira. Aprendeu também que, depois de chuva, podia beber água de poças. Mas também aprendeu que, às vezes, isso lhe dava tanta dor de barriga que tinha de procurar um terreno com capinzal e lá passar dois dias deitada, mascando capim até melhorar.

Descobriu que, aqui e ali, algumas pessoas gostavam dela, e lhe davam comida em caixas, e água em latas, assim passou a fazer uma rota fixa, sem saber imitando a rota de caça de seus ancestrais lobos. No caso, era uma rota de incertezas. Às vezes, ninguém aparecia para lhe dar comida. Às vezes, aparecia alguém para lhe dar vassourada ou jogar pedra. E, quando aparecia algum cachorro querendo lhe farejar atrás, ela rosnava mostrando os dentes, latia ameaçando morder, e, se ele não corria, ela corria. Continuava ligeira, apesar da barriga crescendo.

Mas a barriga cresceu tanto que, um dia, de tão cansada procurou o velho capinzal, disposta a descansar mesmo com fome e sede, e então sentiu dores. A pata não mancava mais, as velhas dores todas tinham sumido pelas ruas, o que poderia ser aquilo? Só entendeu que estava sendo mãe quando o primeiro filhote saiu, e, obedecendo a uma ordem tão antiga que nem precisou pensar, começou a lamber aquele bichinho tão pequenininho quanto melecado.

O segundo foi maior, demorou e doeu mais para sair e, quando saiu, seu cheiro lhe lembrou aquele segundo cachorro, então lembrou também do primeiro, cheirando melhor o primeiro filhote já seco e procurando suas tetas, que agora via que estavam inchadas. Uma dor muito maior lembrou também que o terceiro cachorro era maior que os outros, bem maior que ela mesma e... Olhou a lua alta e branca, e gemeu de dor, sabendo porém que não era uma dor qualquer, era uma dor da qual não podia fugir, uma dor de mãe, e mesmo doendo tanto foi lambendo os filhotes.

12. Uma nova espécie

Noite alta, lua cheia em céu estrelado. Alguns velhos cachorros ainda uivavam para a lua, trancados nos seus quintais. No meio de um terreno baldio, quase fora da cidade, uma dúzia de cães – alguns deitados, outros sentados sobre as patas traseiras – estavam em redor duma fogueira. Faltava um lugar na roda, conversavam esperando.

(Suas falas serão corrigidas, ou não se poderá entender que, na fala canina, *certamente*, por exemplo, torna-se *certente*. Poucos cães chegariam a falar palavras de quatro sílabas. Mesmo os cães porta-vozes, que conseguiam falar razoavelmente bem até palavras como *cinoantropologia*, jamais falariam sem "sotaque" canino, por mais que a boca se adaptasse. Continuariam de boca grande, embora o focinho encurtando até virar uma espécie de nariz escuro e ainda frio como é próprio dos cachorros.)

— Por que você fica assim erguido nas patas de trás? — perguntou um. — Não cansa?

— Cansa, mas quero que virem pernas.

— Para quê?

— Andar em pé.

— Minha coluna dói quando tento.

— A minha também doía no começo.

— Às vezes penso se a gente, como dizemos agora, devia ter mudado tanto. Sinto saudade de uivar pra lua.

— Você está brincando. Que graça tem ficar rouco de tanto uivar para o satélite do planeta?

— O quê?

— Você ainda não aprendeu Geografia?

— Perdi umas aulas. Às vezes não consigo sair de casa, botam cadeado no portão e o muro é alto e com espinheiro. Eles têm medo de um bicho chamado ladrão.

— Eu moro em apartamento, tenho de passar pela portaria. Mas às vezes o porteiro está acordado, então vou para a garagem e saio quando o portão abre para chegar algum carro.

— Quisera eu. Tem semana que pulo o muro seis vezes, três noites de aula e três noites de... você sabe. Da última vez, foram três cadelas numa noite. Perdi a conta de quantas cobri desde que fui alistado.

Chegou o professor, um pastor de voz profunda, parecendo ecoar pelo corpo comprido antes de sair. Como todos, tinha de dividir em duas ou três partes as palavras mais compridas:

— Boa noite, rapazes. Linda noite para conti-nuar falando do tempo. Já vimos como o tempo humano é tão falho mas é prático, as semanas deles são as nossas luas. Mas eles não sentem a prima-vera no ar, mesmo quando ela chega semanas antes, precisam olhar em papel para saber. Não sentem os ventos, as correntes marinhas, vivem num mundo quase sem cheiro, regu-lados por essa rotina de mês-semana-dia, dormindo a melhor parte da noite que é a madru-gada...

Alguns bocejavam tentando disfarçar com a pata, como fazem os humanos, o professor suspirou fundo e continuou:

— É im-por-tan-te conhecer a fundo a vida humana, que a gente pensava que conhecia. Eles não têm só essa rotina, dormir-comer-trabalhar, como antes a gente também quase só comia-dormia. Eles têm algo mais, que a gente olhava mas não via. Aquela janela que apaga e acende, não é uma janela, é uma tevê, uma janela para o mundo!! Aqueles tijolos de papel que eles empilham na parede, não são tijolos, são livros! Aquela baru-lhei-ra que sai daquelas caixas, não é barulho, é música! E tudo isso é uma coisa chamada cultura!

Um perdigueiro levantou a pata:

— Como várias coisas podem ser uma coisa só? É como a tal San-tís-si-ma Trindade?

— Não — disse outro. — É como a água, que é uma mistura de duas coisas de nome difícil, não é?

O professor ergueu os olhos para o céu, como fazem os humanos, e murmurou:

— Oh, Deus dos humanos, se você existe mesmo, aju-dai-me!

Os novatos estranharam, ele disse que era coisa para a aula de Religião com outro professor. Um vira-lata levantou a pata já falando:

— E as tarefas da semana? Sou volun-tário para cobrir a falta de alguém.

— Quer pegar minhas tarefas? — resmungou um velho pastor. — Não aguento mais cobrir tantas cadelas!

— Cada um cumpra seu dever — o professor falou grosso. — Vocês são pio-neiros de uma nova espécie!

Outro velho pastor resmungou:

— Ah, os humanos têm coisas boas.

— E algumas a gente devia adotar, por exemplo a apo--senta-doria...

O professor baixou a voz:

— Por falar em exemplo, quem fez esse fogo?

— Nós, professor! — dois vira-latas pularam alegres.

— Como? Ainda não conseguimos lidar com fósforos!
— Isqueiro, professor! Um segura com as duas patas...
— ...e o outro acende, ó!

13. Sol, Lua e Estrela

Se Leta não tivesse tantas tetas, o primeiro filhote jamais mamaria, empurrado e afastado pelos outros. Mas ele sempre achava alguma teta vaga e mamava, até ser afastado também dali, quando os outros já tinham secado as outras tetas. Então ela pegava o bichinho na boca e se afastava da toca, cavada na terra do capinzal, ia lá no fundo do terreno dar todas as tetas para ele sugar o restinho de cada uma. Depois voltava com o bichinho na boca, mole de sono.

O segundo filhote também começou a sofrer com a falta de tetas, quando o maior sugava cada uma tão depressa que logo tinha sugado todas e queria a que estava com o irmão. E o terceiro filhote crescia tanto que, depois de poucas luas, já tinha metade do tamanho da mãe. Mamava forte, mascando a teta, Leta gemia mas ele continuava mascando, até que ela lhe desse uma patada, ele ia para outra teta e recomeçava a mascar. Leta olhava as estrelas, esperando a hora de pegar o menorzinho e levar para mamar sozinho.

De dia, deixava os filhotes ali e ia ligeira fazer a ronda, ganhando alguma comida aqui, outra ali, e comia tudo, como os lobos antigos conseguiam comer até uma quarta parte do próprio peso, para não terem de voltar logo à caça que enterravam. Leta comia tanto que voltava devagar de tão pesada, olhando para todo lado, evitando os grandes bichos coloridos de patas negras, que passavam roncando como se vivessem furiosos. Chegava ao capinzal, o filhotinho estava lá, miando de fome ou tremendo de frio, enquanto o filhote médio brincava ali em volta, e o maior quase sempre estava sumido, mas aparecia depois que Leta dava um ou dois latidos, não era preciso mais que isso.

Eram tão diferentes como o sol é diferente da lua e a lua é diferente duma estrela. O menorzinho dormia aninhado na barriga dela, o médio dormia a seu lado e o maior dormia já na própria toca. Uma noite, apareceu com um rato na boca, que comeu sozinho, aprendendo a segurar com as patas para morder melhor. Depois ainda quis mamar, mordendo tanto que ela lhe deu uma patada e ele devolveu! Ela rosnou, ele foi para sua toca. No dia seguinte, foi atrás dela na ronda para comida, e, pela primeira vez, bebeu água. Naquela noite, não procurou mais as tetas. Amanhecendo, ela procurou por ele, tinha sumido. Voltaria só no fim do dia, o nariz melecado de comida, já quase do tamanho dela, o focinho chato, e um jeito de olhar, sentado diante dela, como se nem fosse cachorro.

Era o Sol. O médio era a Lua, até porque também tinha tetas como ela. E Estrela, a menorzinha, tinha tetas tão pequeninas que ela demorou para ver que eram tetas e não pulgas.

14. Filhos do amor

Os humanos demoram, no mínimo, dez anos para criar filhos que possam entregar ao mundo; e que só param de crescer aos dezoito anos. Mas um filhote canino cresce, quase tudo que tem para crescer, durante o tempo de amamentação de um nenê. E no segundo ano de vida já pode ter filhos!

Os novos cães não sabiam ao certo o que seria de seus filhos, mas continuaram a fazer ninhadas e ninhadas, aprendendo a pular cercas e abrir portões, enganando porteiros, varando as madrugadas a procurar cadelas no cio. E nasciam mais cães "quase gente", como diziam as pessoas. Mas muita gente que gostava de cães deixou de gostar:

— Ficaram inteligentes demais!

Na verdade, os cães começaram a ser exigentes.

— Cães não criam pulgas! — disse um cão porta-voz entrevistado na televisão, com sua linguagem primitiva traduzida por especialista. — Além de lavar o cão, é preciso lavar bem a casinha do cão, e o lugar onde ela fica. Aliás, as vasilhas de comida também...

No calor, cães pediam para tomar banho! Alguns já tentavam tomar banho sozinhos, nos tanques de lavar roupa, abrindo a torneira com as patas da frente, mas lutando inutilmente com o sabão. Logo descobriram que o melhor jeito de cão tomar banho é junto: um despejava xampu no outro e se ensaboavam, coçando-se mutuamente onde não pudessem alcançar com as próprias patas.

Cães vizinhos se visitavam. Na rua, eram mais cuidadosos que os humanos; só cães antigos continuavam a ser atropelados.

Os novos cães sempre esperavam abrir o verde para passar, respeitavam todo sinal de trânsito, "sempre caminhando dentro da lei e da ordem", conforme os defensores da nova espécie.

Também eram exemplos socialmente: se numa ninhada nascia algum retardado, ainda cachorro de focinho comprido, cabeça pequena, que não aprendia a falar, os irmãos cuidavam como de todos tinha cuidado a mãe, e brincavam sempre com o irmão, também sempre reservando para ele uma teta, e depois a primeira porção de ração.

Os novos cães não disputavam mais comida nas vasilhas, não pulavam nas calças das pessoas, não matavam passarinhos nem gambás, tatus, galinhas e os outros bichos preferidos dos velhos cães.

Só os gatos ainda tinham o poder de fazer os novos cães perder a cabeça; e assim os gatos continuaram vivendo ilhados na maré crescente de novos cães.

Nas ruas, alguns cães já andavam em pé, como diziam, sobre as patas traseiras. Ao chegar à casa do cão que iam visitar, desabavam de cansaço, mas orgulhosamente conseguiam andar cada vez mais tempo assim.

Perceberam que, ao rés do chão onde viviam, há muito mais poeira e sujeira. Pediram casinhas mais altas, alguns passaram a dormir sobre cadeirões ou velhos sofás, já não fora de casa ou na garagem, mas na varanda, ou na sala mesmo, ou em quarto próprio. Surgiu a indústria de móveis para cães.

Conversavam tanto, passando de boca em boca e de quintal em quintal as notícias da nova era, que logo tinham também seus mártires e heróis, como Guarina, a *collie* que emprenhou sete vezes seguidas, com ninhadas de mais de sete sempre, ou Leão, o vira-lata pai de tantos filhos que ninguém sabia quantos.

Enquanto isso, os cães antigos iam morrendo ou sendo abandonados pelo donos, gente apaixonada pelos novos cães. Afinal, além de, por exemplo, simplesmente buscar o jornal no jardim, traziam cuidadosamente nas patas e não na boca respingando saliva.

Velhos cães, como fazem os velhos esquimós, para sempre deixaram para trás suas casinhas e casas, caminhando para os campos onde morreriam de fome ou, em bandos, voltariam a se tornar selvagens, uma espécie estropiada de lobos, até morrerem de fome ou de castigada velhice ou, ainda, começar novas linhagens resistentes e orgulhosas.

E chegou o tempo em que a antiga população canina quase deixou de existir nas cidades, e os novos cães só faziam ninhadas com novas cadelas. Uma delas, no cio, suspirou para o cão dizendo-se cansada de fazer filhos assim.

— Assim como?

— Sem amor. Os humanos falam tanto de amor, casam...

— ...para passar o resto da vida se maltratando. Deixa disso, menina!

— Ah, eu queria que nossos filhos fossem filhos do amor, e não dessa correria louca para fazer uma nova espécie!

— A quantidade é garantia de sobrevivência para nós. Quem sabe o que nos espera? Tem ideia de como é violento e perigoso o que eles chamam de mundo?

— Ah, os humanos falam que há os frutos da terra e os frutos do mar. Será que tudo não seria melhor se todos fossem filhos do amor?...

15. Uma família feliz

Leta ficou feliz quando Sol, depois de muito olhar os irmãos, passou a cuidar deles, nem parecendo mais o Sol que disputava tetas. Levou Lua a caçar pelo terreno, e Lua voltou com seu primeiro rato na boca. A cachorrinha deixou o rato diante da mãe, lambeu Leta, e, como a mãe não comeu o rato, Lua desfilou com ele na boca, brincou com o rato morto como se ainda estivesse vivo, pulando para pegar, soltando, pegando de novo. Então Sol pareceu fazer algo que só os humanos fazem, abrindo a boca e mostrando os dentes, mas não para morder, e Leta viu que ele era meio humano.

Mais alguns dias e Lua também passou a fazer a ronda com eles. Leta, então, não precisava comer tanto, suas tetas ficavam só para Estrela. Mas, conforme Sol crescia tanto que já era maior que ela, e Lua ficava do seu tamanho, Estrela continuava miudinha. Sol e Lua brincavam, saltando pelo capinzal, mordendo borboletas no ar, correndo atrás de passarinhos, enquanto Estrela olhava tudo com os olhinhos miúdos, piscava e ia se esconder na barriga da mãe.

Mas, com tantas tetas só para ela, também Estrela cresceu depressa e, um dia, eram quatro a fazer a ronda. Leta descobriu que muita gente, que antes deixava comida no jardim de casa, ou levava à calçada quando ela latia no portão, agora gritava com eles:

— Fora, cachorrada!

E agora também precisava arranjar água para quatro, as velhas torneiras já não serviam, porque teriam de ficar muito tempo sugando e, então, sempre aparecia alguém com uma vassoura ou uma pedra. Numa esquina, em vez de virar para o lado de sempre, Sol foi para outro lado. Leta latiu, ele se voltou, sentou esperando. Ela latiu, ele continuou lá. Ela seguiu o velho caminho, até olhar para trás, ele também tinha seguido seu caminho. Ela foi atrás dele, não queria desmanchar uma família feliz.

Ficou mais feliz quando viu que ele sabia o que fazia, farejava comida de longe, varava cercas, trouxe galinhas e, para Estrela, trouxe na boca um ovo. Deixou o ovo cair para quebrar, e Estrela sugou aquilo olhando o irmão agradecida e encantada, Leta lambendo com os olhos sua família feliz. Depois Sol entrou em grandes quintais onde comeram frutas caídas, varou terrenos tão grandes que até tinham bichos de chifres comendo capim, e encontrou riachos onde beberam como nunca. Entraram na água, Leta descobrindo que sabia nadar, e depois todos se chacoalharam numa festa de água espirrando, o sol formando faixas coloridas no ar.

Deitaram entre as raízes altas duma grande árvore, Sol ali do lado ressonando longamente mas levantando a orelha a qualquer ruído, Lua ressonando compassadamente como se caminhasse dormindo, e Estrela ressonando miudinho como as estrelas piscam. Leta sentiu o que os humanos chamam de felicidade, com sua família feliz, sem saber que os humanos só falam tanto de felicidade porque ela não dura para sempre.

16. Mendigos da evolução

Instalou-se, como disseram os grandes jornais, um intenso debate nacional – ou um bate-boca danado, conforme os tabloides: não estavam os cães indo longe demais?

Não era permissividade demais cães comendo à mesa em restaurantes? (Agora os cidadãos anticães, que passaram a se chamar conservadores, usavam o máximo de palavras compridas, como permissividade, para atrapalhar os cães, que ainda não conseguiam falar mais que três sílabas seguidas, numa cadência firme e esforçada.)

Mas – respondiam os evolucionários, como passaram a ser chamados os cachorreiros – não viam os conservadores que a vida humana era melhor com os novos cães?

Não latiam à toa de noite, embora sempre atentos aos ruídos, com sua audição muito mais desenvolvida que a humana.

Só sujavam no local apropriado ou, muitos já, nos vasos sanitários mesmo.

Ajudavam nas tarefas domésticas, da jardinagem à limpeza, além de buscar compras e entregar recados e encomendas.

Cuidavam muito bem de crianças.

— Sim, tanto que estão acabando com a profissão de babá! — rugiam os conservadores!

— E desde quando babá é profissão?! — retrucou um evolucionário numa mesa-redonda.

— Vocês não têm moral para falar de trabalho — acusou um conservador. — São exploradores de mão de obra canina!

Aquilo assanhou até os cães, que acompanhavam o debate como se não fosse com eles, apenas às vezes enviando um ou outro porta-voz para esclarecer coisas importantes. Mas à noite, nas reuniões em armazéns abandonados ou em terrenos baldios, ou nos terraços ou garagens de edifícios, aprendendo a sussurrar, eles se reuniam para conversar:

— Por que os humanos simples-mente não nos deixam viver e evoluir, como eles dizem, em paz?

— Humanos gostam de encrenca, de criar problemas. Estão querendo criar uma lei obrigando os cães a vestir roupas.

— Como os humanos? Para que serve aquilo? No calor, dá vontade de tirar! Se chove, molha. Para que serve aquilo?!

— Eles sentem frio e têm uma tal de vergonha. Os mais novos cães também estão começando a ter. Dos meus quarenta e nove filhos, mais da metade tem a tal vergonha. Não urinam na frente de ninguém nem urinam mais em postes.

— Mas isso até humano faz, os postes têm tanto cheiro de urina humana como canina!

— É, mas eles são assim, fazem uma coisa e dizem outra. Ou alguns fazem as coisas de um jeito, outros de outro, não sei. Gente é bicho compli-cado.

Numa reunião de porta-vozes, um velho labrador defendeu sua estra-tégia:

— Vamos continuar criando a nova espécie, compa-nheiros, com o maior número possível de ninhadas! A quanti-dade — isto é dia-lético! — imporá a quali-dade! E temos de apoiar a luta pela permis-sivi-dade! Incluir os direitos caninos na consti-tuição!

— Mais cães? — gemeu baixinho um velho vira-lata. — Mas já tem tanto cão por aí!

— Fale alto! — rosnou um *dobermann*. — Não está de acordo com nossa estra-tégia?

O velho vira-lata respondeu que cem por cento sim:

— Estava só falando sozinho...

Mas depois contou a outros vira-latas:

— Não tem jeito, irmãos, os de raça continuam na mesma estratégia, como dizem... (era um dos poucos que conseguiam falar palavras compridas). O último recenseamento mostrou que já existem mais cães que humanos, portanto a maioria das famílias evolucionárias têm mais de um cão, claro, porque os conservadores não têm cão algum. Crianças adoram cães, querem porque querem, depois esquecem até de encher a vasilha de água! Logo não haverá quem queira criar tanto cão, mesmo que para ter mão de obra gratuita, como dizem os humanos...

— Mas nós não temos mão — protestou um jovem vira-lata. — Temos pata e viemos de muitas raças! Se os cães de raça se acham melhores por virem de uma raça, nós somos mais melhores, porque viemos sabe-se lá de quantas raças!

— Eu sei, eu sei — o velho vira-lata suspirou. — E o pior é pensar que, no começo, eu até gostava dessa estratégia de cobrir tantas cadelas quantas pudesse, os cães de raça não davam conta...

Riram com suas risadas meio embutidas, parecendo tosse, depois o velho falou com o olhar perdido na cidade no horizonte:

— Já tem até cão mendigo, sabiam?

Nos cruzamentos, cães ficavam em pé com cartaz no peito: *ME ADOTE!* Ou: *CÃO CARI-NHOSO!* Ou ainda: *FALO 2 LÍNGUAS!*

E uma *poodle* mereceu reportagens, ao colocar anúncio em jornal: *Cadela refinada procura família vegetariana!*

17. Uma estranha família

A felicidade de Leta, vagando pelos campos com Sol, Lua e Estrela, durou até o dia em que Sol sumiu de manhã, como sempre, mas não voltou como sempre. Leta passou a manhã vendo Lua e Estrela a brincar na areia que margeava o riacho, ao meio-dia beberam e depois cochilaram na sombra duma árvore, esperando Sol voltar com alguma galinha ou coelho ou mesmo alguma fruta na sua bocona, mas ele não voltou. Anoitecendo, as três ficaram olhando o céu borrado de cores onde o sol se deitava, e quando o sol se escondeu lembraram novamente de Sol.

Era melhor procurar, resolveu Leta, e começou a farejar a trilha, as filhas foram atrás. Não era noite de lua, e ela avançava, seguindo o cheiro, depois parava para esperar Estrela, que, além do passo miudinho, tinha a mania de se encantar com insetos, parando para ouvir cri-cri de grilo ou seguindo vaga-lumes. Lua cuidava da irmã, com um latido chamando de volta para a trilha, e então Leta sabia que devia esperar. Mas logo que as filhas chegavam perto, voltava a farejar, antes que o cheiro de Sol sumisse com o sereno da noite.

De repente, ouviu vozes e viu um clarão de fogueira, avançou quase rastejando, assim não se mostrando para os humanos na fogueira e, ao mesmo tempo, mostrando às filhas que também deviam ter cuidado. Mas, chegando perto, viu que não eram humanos, eram cães em volta da fogueira! Nunca tinha visto cães assim em volta duma fogueira, e... um deles era Sol!

O filho estava lá, sentado sobre as patas traseiras, as orelhas empinadas como quando ouvia com atenção. Os cães falavam como os humanos, e Leta não entendia nada como sempre, mas Sol devia entender, porque virava a cabeça para olhar cada cão que falava.

Estrela se aninhou ao lado da mãe, onde sempre dormia, e dormiu. Lua bocejou. Um cachorro abocanhou um pau, girou a cabeça para jogar o pau na fogueira, fagulhas espirraram, Leta olhava tão encantada que se esqueceu de Lua. Quando viu, Lua estava lá ao lado de Sol.

Um cão saiu da roda, foi até ali perto, viu Leta, cheirou, e Leta rosnou. O cão ergueu a pata e urinou na direção dela, depois voltou para a roda. Então Leta cutucou Estrela até a filha acordar, e foi também para perto da fogueira, a filha atrás, tão tonta de sono que dormiu logo que a mãe parou ao lado do filho.

Um cão parou de falar aos outros para falar a Sol, e ele respondeu, Leta nem acreditava: até seu filho falava como os humanos!

O cão tinha perguntado quem era Leta:

— Sua cachorra?

— Não, minha mãe. E minhas irmãs.

O cão falou a Leta:

— Você tem um belo filho.

Ela não respondeu, o cão falou aos outros:

— É uma família estranha, hem: o filho é um novo cão, a mãe é uma velha cadela, e as irmãs, embora tão novas, também parecem ser do tipo antigo.

Sol baixou a cabeça, olhando as patas, Leta não entendeu por quê. Lambeu o filho, orgulhosa: ele sabia falar como os humanos! Os cães riram, um falou por todos:

— Filhinho da mamãe, hem...

Sol afastou Leta com sua grande pata, ela se encolheu. Que tinha feito de errado? Deitou ao lado de Estrela, e Lua deitou do outro lado. Logo Lua dormia, mas Leta continuou ouvindo sem entender a conversa dos cães, como quando ouvia trovões de tempestade chegando cada vez mais perto, mas, agora, era como se as vozes se distanciassem, indo para longe, longe, até que acordou no dia seguinte com as filhas ainda dormindo e o filho também ali do lado. Lambeu o focinho de Sol, e ele acordou, bocejou e falou:

— É, mãe, somos mesmo uma estranha família.

Ela não entendeu, mas ficou feliz, estranhamente feliz.

18. Entre gritos e latidos

Nas cidades, conservadores faziam passeatas "contra a cachorrada", que terminavam com o espancamento ou mesmo morte de cães, e evolucionários faziam "comícios com os cães", onde falavam não só pessoas mas também lideranças caninas. O Congresso começou a debater lei para prisão de quem matasse ou maltratasse cães, e isso acirrou os confrontos nas ruas. Quanto mais inseguras as ruas, mais as pessoas ficavam em casa, saindo só para trabalhar, e o comércio passou a vender menos, por isso as indústrias passaram a produzir também menos, e começou uma crise econômica – a Recessão do Cão, conforme os conservadores.

O Congresso, então, passou a debater o que seria melhor: deixar continuar ou interromper a evolução dos cães? Todo o país acompanhava cada sessão. Depois de semanas de debates e depoimentos, o Congresso estava dividido em contrários e favoráveis à eliminação dos cães evoluídos, *reservando-se apenas alguns exemplares para estudos científicos* – conforme proposta de um deputado que, para defender sua ideia, subiu à tribuna com *mouse* na mão:

– Senhores, já há cães dirigindo motos pelas ruas! Não se alvorocem os deputados evolucionários, embora a gente nunca saiba se estão alvoroçados ou apenas coçando as pulgas que pegam dos cães... Não peçam apartes para tentar me desmentir, pois já foram registrados acidentes de trânsito com cães dirigindo motos: o capacete esconde a cara e as orelhas, as calças escondem o rabo, botas escondem as patas e pronto, até parecem gente... Mas não se enganem, senhores, são apenas cães tirando o emprego de humanos! Hoje, como motoqueiros, amanhã quem sabe?

Agitação no plenário, vaias da bancada evolucionária, aplausos da bancada conservadora, onde os deputados mais jovens provocavam com uivos e latidos. O presidente pedia ordem, o orador continuava:

– Isto é um *mouse* de computador. Os cães mutantes, com suas novas patas, senhores, já conseguem operar isto melhor que muita gente! Não conseguem usar o teclado, não conseguem escrever – mas leem e, com o *mouse*, podem penetrar até nos nossos sistemas de segurança nacional! Podemos estar criando a nova espécie que nos eliminará deste planeta! Eliminar a população canina mutante é um dever de consciência, de sobrevivência e soberania nacional, e única solução para uma infeliz distorção genética! Não somos Deus para criar prodígios, mas criamos, e então fomos castigados com essas monstruosidades que encantam os ingênuos... Por isso, acima de tudo, nossa proposta é uma forma de redimir o imenso sacrilégio cometido contra a natureza!

Vaias, latidos, gritos:

— Paranoicos!

— Carrascos!

— Nazistas! — e irrompia o coro na bancada evolucionária, à esquerda do plenário:

Cão é amor
cão é cultura!
Viva o criador
viva a criatura!

O presidente, raposa velha, pedia ordem e dava a palavra ao líder evolucionário, assim o coro se calava para ouvir:

— Senhor presidente, senhores deputados, estarão nossos ouvidos nos traindo ou ouvimos mesmo, aqui nesta casa de leis e de ordem, de justiça e de paz, uma proposta de massacre, de canicídio, de execução em massa como no Terceiro Reich?! E os argumentos para justificar tal barbárie parecem ser nada mais que... medo de *mouse*, medo de rato!

Risadas à esquerda, gritos à direita:

— Criadores de escravos!

— Gigolôs de cachorro!

— Ora — continuava o orador —, que motivos mais alegam além duma paranoica segurança nacional? Ah, sim, distorção genética! Como se não fossem híbridos, clonados ou transformados geneticamente todos os alimentos que comemos, do milho híbrido ao porco industrial, da soja transgênica à salsicha feita sabe Deus do quê! E os embutidos, os enlatados, as pílulas, as cápsulas?! O que há de puro e natural, no mundo humano, é apenas a ingenuidade, esta sim, dos conservadores, a ingenuidade de considerar "distorção genética" um incidente como o que pode ter causado a evolução dos macacos nossos ancestrais!

— Os *seus* ancestrais! — pulou o líder conservador, e voltou o coro dos evolucionários:

Homem e cão, unidos
jamais serão vencidos!

O orador erguia as mãos, o coro parava como se desligado da tomada; ele continuava:

— Qual era mesmo o argumento dos nazistas? Uma raça pura e superior! Qual é o argumento dos canicidas? Sacrilégio contra a natureza! Estaremos voltando à Idade Média enquanto outras espécies evoluem? Iremos queimar, como queimaram as bruxas, os animais mais dedicados e afetivos do planeta?! Por que devemos temer quem só nos ajuda? Os cães podem nos ultrapassar, sim, mas só se mais gente deixar de usar a inteligência, a sensibilidade, a humanidade, para pregar um massacre irracional, brutal e bestial!

O presidente pedia ordem entre vaias, aplausos, gritos, uivos, latidos e rosnados.

19. Enfim um lar

Sol passou a dirigir a família. Ia na frente, arranjando comida, pressentindo perigos, mudando de rota, enfrentando inimigos, como o grupo de cães que atacou Lua e Estrela quando elas bebiam água num riacho. Sol tinha a pelagem marrom curta dos mastins, grandes patas, peito largo, e, mesmo com as mandíbulas curtas dos cães ultragênicos, anunciava uma mordida poderosa quando arreganhava os dentes. Mas os cães não se intimidaram, eram vários, e avançaram contra Sol, libertando Lua e Estrela.

Enquanto as duas corriam para Leta, Sol enfrentou a matilha com dentes e garras, até que os cães fugiram feridos, correndo e ganindo. Leta correu para o filho, e sua pelagem curta deixava ver mordidas sangrentas. Sol entrou no riacho, deixando a água lamber suas feridas, que depois

a mãe e as irmãs também lamberam. Olhando mais um poente tão bonito quanto doloroso, Sol, mesmo sabendo que elas não iam entender, falou com sua voz ainda aprendiz:
— Vou cui-dar de vo-cês.

E dormiu. Amanhecendo, levantou, bebeu no riacho, latiu para elas acordarem e seguiu mancando, elas atrás. Leta ia com orgulho do filho e medo de tudo. Vira uma grande ave baixar do céu para pegar ratos do chão, e Estrela era pouco maior que um rato... Num capinzal, Lua foi cheirar um bicho grande de chifres, que comia capim com seus filhotes, e quase foi pisada e chifrada, escapou correndo tanto que se feriu numa cerca de arames pontudos. Leta empurrava Estrela com o focinho, quando a filhotinha queria descansar demais, Sol já ia se distanciado lá adiante, mas para onde ia?

No fim do dia inteiro sem nada comer nem beber, ela viu o filho passar debaixo de uma cerca, cruzar uma horta e latir diante de um casarão de madeira. Uma mulher saiu na varanda e falou para dentro, saiu um homem com um pedaço de comida na mão, jogou para Sol, ele abocanhou e foi até diante da casa. A mulher desceu a escada, agachou diante dele e lhe afagou a cabeça. O homem jogou mais comida, que Sol abocanhou e levou para a mãe. A mulher viu Leta e veio caminhando, agachou e chamou com a mão. Enquanto Leta ainda cheirava de longe a mulher, antes de decidir se ia ou não, Lua foi, ganhou afagos, lambeu as mãos da mulher e, quando Leta viu, Estrela também estava lá, ganhando comida e afagos, aí Leta também foi, aos poucos, e enfim confiante porque viu Sol lá adiante comendo das mãos do homem.

    A mulher voltou para a casa, chamando Lua e Estrela, e elas foram sem nem olhar para a mãe. Leta, mesmo ainda desconfiada, foi atrás, não deixaria as filhas sozinhas lá dentro. Mas, na cozinha, não havia qualquer perigo, e sim um cheiro bom de comida no fogão e, num canto, a mulher colocou uma vasilha com água, ela deixou as filhas beber e depois bebeu feliz. Comida e água, era quase tudo de que precisavam para viver em paz! Aí lembrou do filho, voltou para a varanda.

    Lá fora, o homem jogava longe um pau, Sol corria buscar e trazia na boca. O homem afagava, jogava mais longe, Sol ia bucar. O homem jogou o pau num capinzal, Sol foi, procurou, fuçou, achou, voltou com o pau na boca. O homem falou o que Leta como sempre não entendeu:

    — Você é um cachorro e tanto, hem?

    — E procuro um lar. — Sol falou sentando nas patas de trás para olhar de frente o homem, que arregalou os olhos:

    — E você fala!

    O homem correu para a casa, gritando:

    — São cães desses que a gente ouviu falar, mulher! Eles falam!

    Mas Sol corrigiu:

— Só eu falo, pouco. Elas falam nada.

A mulher sussurrou para o homem que tinha medo daquele tipo de cão. O homem disse que era bobagem, poderia usar o cão para ajudar no sítio, enquanto as três cadelas podiam fazer companhia a ela. A mulher ficou pensando, mas Lua e Estrela olhavam para ela com olhos tão bons que ela disse ah, cadê aquele velho cobertor?

Quando se viram deitadas num cobertor, ao lado de uma vasilha de comida e outra de água, Leta viu que tinham o que Sol falou, mesmo que elas não entendessem as palavras, entendiam o tom da voz:

— Temos um lar.

A mulher disse que sentia arrepios ao ver um cão falar assim, tinha medo, mas o homem disse que ela devia confiar justamente porque era um cão tão humano.

20. Um dia de cão

Alguns cães pareciam mesmo humanos, com os olhos úmidos (mas ainda sem chorar) ao ouvir música, por exemplo.

Os vídeos de Rin-Tin-Tin e Lassie voltaram a fazer muito sucesso.

Cães heróis – salvando mais gente que os bombeiros – eram manchete todo dia nos jornais evolucionários, com grandes fotos ao lado de humanos sorridentes. Nos jornais conservadores, era proibido sequer mencionar cães: já tinham desistido de protestar e discutir; simplesmente ignoravam o mundo canino, como diziam, e se fechavam em edifícios, condomínios, chácaras e fazendas, até mesmo cidadezinhas onde cães eram proibidos.

Nas grandes cidades, aumentavam os atentados contra cães, no começo adolescentes raivosos jogando pedras, depois espancamentos noturnos, pegando de emboscada os cães de volta de suas reuniões.

Até que começaram a aparecer cães queimados, e as poucas pessoas que não viviam com cães nem tinham raiva deles deram de perguntar onde é que aquilo ia parar.

Página de diário ditada a um humano por um bóxer porta-voz:

O dia começou mal, com as notícias de mais cães queimados pela Gangue da Madrugada, como a imprensa apelidou. Desconfiamos que seja mais que uma gangue, na verdade uma organização, pois os atentados acontecem em todo o país mas da mesma forma. Foi o que falei à primeira rádio que me entrevistou pela manhã:

— A que o senhor atribui o fato de, ao lado das vítimas, ser encontrada sempre uma coleira?

— Bom dia, prezados ouvintes. A coleira é uma senha, uma espécie de assina-tura do aten-tado, a dizer duas coisas. Primeiro, que os cães deviam voltar às coleiras, às casinhas, aos maus tratos, às rações feitas de restos como antiga-mente. Segundo, é um sinal claro de que se trata de uma orga-niza-ção nacional, a exigir provi-dências urgentes das auto-ridades!

Mas mesmo as autoridades estão divididas. O prefeito "tem" cães, como ainda dizem alguns humanos, mas o vice-prefeito não pode nem ouvir falar em cães. E, outro dia, retirou-se duma ceri--mônia porque a primeira-dama compa-receu de braço dado com seu dina-marquês!

Mas o que mais nos preo-cupa não são os aten-tados, mas a proposta de alguns depu-tados para criar uma lei limi-tando o número de cães, que não deveria ser maior que o número de humanos dispostos a sustentar, como eles dizem, um cão cada um. É a chamada Lei Um Por Um. À tarde discuti isso com um depu-tado conser-vador na tele-visão:

— Se cada família evolu-cio-nária puder ter só um cão, prezado depu-tado, o que faremos com os cães das famílias que têm mais de um?

— Prezado cão, toleraremos família com cães em excesso, até que morram. A lei prevê a criação de um departamento de recensamento canino, que visitará anualmente todas as residências do país.

— Mas isto custará dinheiro público, depu-tado!

— Mas criará empregos para humanos, desempregados pela mão de obra gratuita dos cães!

Tem sido assim sempre. Quando encon-tramos algum argu--mento bom, eles arranjam outro, e a discussão parece não ter fim. No fim da tarde, compareci à sessão de autó-grafos de meu livro A Nova Espécie, que ditei para um jorna-lista. Conver-sando com o editor, perguntei dos direitos autorais, e ele ficou surpreso: pois eu não tinha doado todos os direitos para o jorna-lista co-autor?

— Co-autor nada, ele só escreveu o que ditei!

— Mas a sua impressão patal está no contrato.

— Ele me disse que era só para fazer parte do livro!

—Vocês cães são muito ingênuos...

O livro está vendendo bem, e meu dinheiro iria para um Centro de Estudos Caninos, na verdade uma orga-niza-ção que estamos tentando criar, cães e humanos evolu-cio-nários, para defesa polí-tica dos cães. Meu sonho é a Decla-ração dos Direitos Caninos, a ser incor-porada às consti-tuições e respei-tada como lei.

Mas, como diz aquele poeta, entre a ideia e rea-lidade, há um abismo. Se vemos uma família passeando feliz com seus cães, um deles empu-rrando o carrinho de nenê, em seguida vemos uma cami-nhone-ta encostar e homens enca-puça-dos jogando neles sacos de urina e fezes. Ontem foram queimados uma dúzia de cães em todo o país; hoje, quinze. É uma esca-lada de terror. Há cães arre-pendi-dos de ter evo-luído, e famílias com medo de ter cães. Gostaria de fazer poesia para dizer o que sinto: como dizem os humanos, uma raiva do cão e uma tristeza cachorra.

21. Dias felizes

No sítio, Leta ficava deitada na varanda, fazendo o que os cachorros mais gostam de fazer, que é não fazer nada, e vendo sua família feliz. Sol saía com o homem, a cercar ovelhas para tosquia ou rastrear vacas nos pastos, pastorear bezerros, até mesmo caçar perdizes, coisa que aprendeu com um velho perdigueiro do sítio vizinho. Luz e Estrela seguiam a mulher pela casa, no chiqueiro, no galinheiro, a mulher sempre falando com elas, para depois falar ao homem que agora não se sentia mais sozinha quando ele saía. Por isso, dava a elas novas cobertas, novas vasilhas para cada uma, pedaços de queijo de hora em hora, afagos aqui e ali, e, quando sentava no sofá, batia a mão no assento, Lua pulava e se enrolava de um lado, Estrela subia escalando e se enrolava do outro lado. Leta ficava feliz de ver a mulher fazer com as mãos o que ela sempre fazia com a língua nos filhos, e então se enrolava a seus pés e dormitava feliz, feliz, feliz.

Sol, andando com o homem, ia falando cada dia mais. Um dia, o homem disse que suas feridas cicatrizadas estavam novamente cobertas pela pelagem, e Sol se olhou num espelho, disse que era graças ao homem, não sabia como agradecer. Ora, o homem falou:

— Não precisa agradecer, você é como um filho para mim.

Sol gaguejou:

— Obri-gado... pai.

Leta ouvia, ficava feliz, apesar de não entender nada. Ficava tão feliz que, às vezes, saía correndo de manhã junto com Lua, enquanto Estrela ainda dormia, e se encharcavam de varar o pasto orvalhado, voltavam ofegantes de perseguir passarinhos, as línguas de fora. A mulher juntava as mãos sorrindo:

— Minhas meninas! — e despejava leite morno nas vasilhas, depois elas iam cochilar com gotas brancas deslizando nos pelos do focinho, Estrela acordava e ia lamber.

22. Vida de cachorro

Nas cidades, quase ninguém mais lembrava como era, antigamente, o dia típico de um cachorro.

Cochilar ou dormir metade do dia e metade da noite. Na outra metade do dia, brincar, tomar sol, coçar e morder pulgas, tentar morder no ar uma ou outra borboleta ou mosquito, latir para gatos e cachorros a passar pela rua, mascar algum filhote de passarinho caído de ninho. À noite, dormir enquanto o pessoal da casa ainda estava acordado, depois, quando iam dormir, latir de madrugada para o guarda-noturno, os grilos, a lua, os sapos, o vento, latir à toa até enrouquecer, aí cochilar ao alvorecer e dormir de novo.

Pois isso tudo virou coisa do passado para os novos cães. Pegar o jornal, claro, foi a primeira tarefa dos novos cães que os humanos aplaudiram maravilhados. Depois, passariam a transferir velhas tarefas para os cães, e a criar novas tarefas.

Muitos cães tinham de acordar com o amanhecer para buscar pão e leite, com dog-mochilas, que nada mais eram do que uma adaptação do alforge usado antigamente por mulas e cavalos.

Alguns tinham de passar em mercearias e mercados, enquanto ainda amanhecia, mesmo com chuva ou frio, antes de tomar café com a família. Em algumas casas, comiam na área de serviço, como as antigas empregadas domésticas; em outras casas, na própria mesa com a família, embora ainda em tigelas fundas como a dos antigos cachorros.

Já não comiam ração, os intestinos também tinham evoluído depressa e os novos cães eram onívoros como os humanos, comiam de tudo; só não comiam sorvete, por ser gelado, e sopa quente, pratos apimentados ou outras loucuras humanas, conforme os novos cães mais velhos e sábios.

Depois de comer, lavavam a louça, varriam e limpavam a casa, iam operar a lavadora de roupa e o aspirador de pó, ou botavam para tomar sol as roupas de inverno, antes de ir cuidar do quintal e do jardim, estender as roupas para secar, desentupir encanamentos, pintar cercas e paredes, usando o kit-cão de ferramentas com pegadores e cabos adaptados para cães.

As patas evoluíam, para se tornar mãos peludas de unhas grossas, quanto mais os cães tentavam ou aprendiam a lidar com ferramentas e equipamentos. Mas alguns já cochichavam a outros, mesmo fazendo trocadilhos como os humanos:

— Cãopanheiro, estou achando melhor fingir que não sei fazer muita coisa, que minhas patas ainda não conseguem segurar quase nada, e que sou até meio bobo... senão, é trabalho que não acaba!

— Em casa tentei fazer isso, quiseram me trocar por outro. Fiquei bom no mesmo dia, mesmo assim trouxeram o outro, "por via das dúvidas". Se eu bobear, sempre podem contar com ele e me dar um pé no rabo, então...

No campo, cães pastoreavam rebanhos, vacinavam, enchiam os cochos, lavavam os currais, faziam todo o serviço dos vaqueiros. Assim as fazendas puderam funcionar só com um capataz e cães, fiéis como são os cães, disciplinados, assíduos e trabalhadores, jamais pensando em justiça trabalhista nem falando em férias, décimo terceiro salário, hora extra, licença-maternidade, nada disso.

Até que o Movimento pelos Direitos Caninos apresentou no Congresso a Lei do Cão Trabalhador, prevendo para os cães direitos trabalhistas, férias e horas extras. Os conservadores abandonaram o plenário e as leis acabaram aprovadas. Pouco tempo depois, aconteceria aquela que ficou conhecida como "A Lua Negra", uma noite sem lua em que centenas de cães foram mortos a tiro, pancadas, veneno e até fogo.

Um porta-voz dálmata, escolhido por ser tão simpático, deu entrevista coletiva com os olhos úmidos:

— Gente, nós não queremos nada mais que viver em paz, como sempre. Servimos aos humanos durante milênios, sabe Deus desde quando e...

— Não fale em Deus, animal! — berrou um dos próprios jornalistas no estúdio.

— Desculpe — ele juntou as patas, como em oração. — Acon-tece que, sem querer imitar ou substi-tuir gente, nós temos por vocês um respeito canino, como dizem, e admi--ração, gratidão e... amor. Vocês nos tiraram das selvas, nos ado-taram, preser-varam e criaram raças, fazendo dos cães o que são hoje, de modo que jamais vamos ser ou fazer qualquer coisa contra a Humani-dade!

— Então por que tantas reuniões secretas? Quase todos os cães assassinados estavam fora de casa altas horas da noite!

O dálmata engasgou, com a elegância dos dálmatas. Como explicar que os cães continuavam se encontrando, antes de tudo, para entender a nova vida?

— Não estamos conspi-rando, apenas nos reunimos porque...

Não acabou a frase: militantes do CCC, Comando de Caça aos Cães, começaram um tumulto com gritos, pedras, tiros e correria. Ao fim, o dálmata estava morto e uma parede pichada: *MORTE AOS CÃES*. Alguém apenas emendou na parede:

MORTE AOS
AntiCÃES!

E quem andava com cães passou a andar armado.

23. Um revolucionário

Um dia, antes do sol, Sol ouviu um latido lá fora. Um único latido, como um chamado. Sol empurrou a porta, saiu na noite sem lua e ficou a farejar na varanda. Sentiu cheiro de cão, mas, antes de descer a escadinha de madeira para o terreiro, ouviu uma voz:

— Venho em paz. Por enquanto.

O outro se adiantou, entrando na claridade da lâmpada da varanda: era um velho vira-lata de óculos, e Sol não conseguiu deixar de rir, nunca tinha visto um cachorro de óculos e com mochila nas costas. Trot, como disse que se chamava, desafivelou a mochila, usando uma unha esmaltada, mais comprida que as outras, e falou baixo:

— Temos muito o que conversar, camarada. Lá do morro, ontem à tarde, vi você trabalhando. Mas não recebe salário nem tem férias, direito trabalhista nenhum, certo?

Tirou um livro da mochila:

— O artigo 5 da Consti-tuição diz que todos somos "iguais sem distinção de qualquer natu-reza". A FREE, Frente Revo-lucio-nária de Eman-cipa-ção das Espécies, que eu repre-sento, prega a ideia que a Consti-tuição deve valer também para todas as espécies inte-ligentes que convivem com os humanos, como nós.

Sol via o dia amanhecendo e as ideias: o que seria uma frente revolucionária?; e, se existia uma frente, existia também uma traseira? Como pregavam uma ideia, numa tábua? Falou essas dúvidas, e Trot coçou a cabeça com a unha comprida, esmaltada de vermelho, depois suspirou cansado, resmungando. — Ah, mais um igno-rante... — mas disse que, como revolucionário de vanguarda, era seu dever escla-recer tudo. Apontou:

— Mas não aqui, vamos para o morro.

Deitou, contorceu-se para se enfiar nos tirantes da mochila, afivelou e comandou:

— Leve comida, desde anteontem que não como. Estou te esperando na porteira.

Sol abocanhou um grande pão na mesa da cozinha e foi atrás de Trot, curioso para saber o que seria um revolucionário. No alto do morro, Trot primeiro comeu o pão inteiro, depois ajeitou os óculos e tirou da mochila outro livro.

— É o Manifesto do Movimento Canino, escrito pelos companheiros Cão Max e Fred Anjo. Vou ler e explicar pará-grafo por pará-grafo. Começa assim: *Cães de todas as raças, uni-vos!*

No fim da tarde, quando Sol voltou para casa faminto, comeu na vasilha a polenta com carne sem perceber o que comia, porque não piscou para a mãe como fazia sempre, nem olhou se as irmãs também comiam, e Leta viu que o filho estava diferente. O homem agachou para afagar, Trot baixou a cabeça, como se o afago doesse. Antes de dormir, Leta ficou tempo olhando longe, como se pudesse ver adiante, mas o que via era só uma parede com uma porta que, de novo, amanheceu aberta.

Antes de amanhecer, Sol já estava no alto do morro, levando outro pão para Trot, que comeu sozinho e depois perguntou se Sol tinha pensado na conversa de ontem. Não foi uma conversa, disse Sol, mas tinha pensado muito:

— Você diz que cami-nhamos para uma guerra contra os homens que não aceitam a nova soci-edade cinu... cinu...

— Cinumanista, mistura de cães e homens.

— Isso. Mas... uma guerra?

Sim, Trot contou folheando livros e mostrando fotos e desenhos. Os humanos usavam muito os cães, para caça, companhia, vigilância, guia de cegos, transporte, como os pobres cães de trenó, diversão, como os cães de circo, e até na guerra cães já tinham sido usados.

— Numa socie-dade antiga, Roma, os cães eram treinados para comer bem ao lado das barracas. Quando os romanos cercavam um acampa-mento ini-migo, soltavam os cães famintos, à noite, e eles iam, claro, procurar comida ao lado das barracas. Como tinham arma-duras de couro, com tochas acesas em cima, as barracas pegavam fogo.

Sol ouvia, perguntava das palavras desconhecidas, depois Trot continuava:

— Na Idade Média, cães mastins ajudavam os guerreiros a lutar, protegendo suas costas dos inimigos. Depois, nos tempos chamados modernos, já na Primeira Grande Guerra foram usados 400 mil cães pastores, em patrulhas, farejamento de minas, vigilância de acampamentos. Na Segunda Grande Guerra, os ingleses usaram cães para farejar minas, e a Itália chegou a ter cães para-quedis-tas. Os alemães treinaram cães para comer sempre debaixo de tanques. Depois, soltavam cães famintos perto de tanques inimigos, e eles, com bombas ama-rradas no corpo, iam comer debaixo dos tanques. Um ímã, em contato com o metal dos tanques, fazia explodir a carga de dina-mite. Depois os russos copi--aram a ideia alemã, contra os alemães, sacri-ficando 40 mil cães, que chamavam de "suicidas", como se os cães, naquele tempo, tivessem escolha. Mas, hoje, camarada, é diferente...

Sol ouvia fascinado.

— Os Estados Unidos têm 281 cães heróis da Guerra do Vietnã. E nós também vamos precisar de heróis, mas não, como dizia o general Patton, heróis nossos mortos em combate, mas inimigos mortos virando heróis para eles...

Trot riu da própria piada, que Sol não entendeu, Trot suspirou, cansado de tanto explicar, mas logo estava falando novamente. Depois pediu a Sol para, no dia seguinte, trazer mais comida além de pão, tinha de se alimentar bem, a vida revolucio-nária era desgastante.

Quando voltou para casa já noite, Sol viu que o homem, que ele antes chamava de pai, estava esperando. Agora via o homem como apenas mais um homem, conforme Trot ensinara:

— Todos os humanos querem, de algum modo, explorar os cachorros. Vamos nos livrar dos conservadores, que odeiam os cachorros, e, depois, vamos conquistar todos nossos direitos. Todos serão iguais no cinumanismo. Sol achava difícil ser igual a um humano, mas Trot tinha livros, usava óculos e sabia tantas palavras diferentes, devia saber o que estava falando!

24. Guerra Canil

Não foi uma guerra como essas que começam de repente e ribombantes, com invasão de fronteiras e bombardeio da capital.

Começou aos poucos, sem declaração de guerra, sem uniformes nem exércitos, mas com guerrilhas e sabotagens, terrorismo e atentados, brigas, escaramuças, emboscadas, refregas, levantes, cercos, massacres, mártires e heróis, para só enfim chegar às batalhas e aos exércitos, altos-comandos e estratégias.

Não podia ser chamada de guerra civil, pois não lutavam apenas humanos, mas também cães, então foi chamada Guerra Canil.

Um noticiário típico do começo da guerra começava assim:

Boa noite! Está no ar mais um Jornal Nacional! O presidente da República demite o Ministro dos Assuntos Caninos, acusado pelos conservadores de ser a favor da canização do país, e acusado do contrário pelos evolucionários! Enquanto isso, continuam os atentados a cães e humanos em todo o país! Ontem foram mais dezenas de mortes, inclusive de um Comando de Caça aos Cães, provavelmente apanhados entre dois fogos por evolucionários de emboscada! Mas os conservadores deram o troco, incendiando mais duas clínicas caninas e causando a morte de cadelas prenhas sufocadas pela fumaça! Vamos aos detalhes!

Dispensemos os detalhes. O grande fato é que a guerra foi conquistando as mentes e os corações. Mesmo os indiferentes, ou os que achavam tudo aquilo uma imensa estupidez, acabavam envolvidos de uma forma ou outra. Bombas lançam estilhaços. Balas perdidas não escolhem destino. Incêndio duma casa enfumaceia o bairro inteiro, incêndios em todos os bairros enfumaceavam as cidades.

O governo, até porque as máfias precisavam de tranquilidade para operar, viu-se na obrigação de tomar providências. O transporte coletivo dividiu-se em dois, com ônibus, trens, barcas e metrôs para gente com cães e sem cães. Os aviões foram divididos ao meio, com porta blindada entre as duas áreas.

Franco-atiradores, do alto de edifícios, com rifles de luneta, alvejavam cães a quilômetros. Os que tinham rifles filmadores depois iam exibir os vídeos nos bares SC (sem cães). Conforme os cães iam caindo na tela, atingidos a distância, a plateia urrava:

– Um! Dois! Três! ...Doze!

Evolucionários infiltrados nos comandos de caça, já que a polícia não fazia nada como sempre, explodiram vários clubes e envenenaram a caixa-d'água de outro, matando inclusive alguns cachorros antigos do zelador. Em represália, num jogo de futebol misto (homens contra cães, coqueluche dos evolucionários), a plateia foi metralhada e na correria morreram centenas.

Não se jogou mais aquele tipo de futebol, como também não fizeram mais festas, concertos, festivais, tudo que fosse ao ar livre. Só subsistiam lojas, cinemas, teatros e clubes PC, para cães, ou SC, sem cães.

Quem passeava com cães ia em grupos. No meio de um grupo, explodiu uma granada, e nenhum sobrevivente quis dizer qualquer coisa à polícia. Mas à tevê disseram que, logo que pudessem, iam se vingar com muito mais que uma granada.

Uma bomba explodiria num vagão SC de metrô, e entre as vítimas estavam várias pessoas que não eram nem conservadores nem evolucionários – mas esse tipo de gente ia mesmo acabando depressa, todos acabavam ficando de um lado ou de outro daquela guerra. Os mortos têm parentes e amigos, as ideias fortes encantam os jovens (de um lado, a promessa de *uma vida em paz e sem cães*, do outro lado o sonho de *um novo mundo com os cães*) e os grupos se formavam, os bandos, os comandos, as milícias, as brigadas. E surgiam os comandantes, como um velho pastor-alemão, de colete à prova de balas e capacete com furos para as orelhas.

— Soldados! — dezenas de cães e homens acabavam de chegar a um grande terreno baldio, desencavando armas e vestindo roupas de luta. O pastor falava do alto de um jipe com metralhadora: — Soldados! Somos a primeira tropa regular do Exér-cito de Liber-tação Canina! Nossa missão é demonstrar que uma tropa mista, de cães e homens, pode lutar melhor que uma tropa apenas de humanos, assim desen-cora-jando a formação de um exér-cito ini-migo!

Um dinamarquês e um homenzarrão puxaram um viva, mas o velho pastor continuou:

— Sem euforia! Vamos defender a última clínica canina ainda aberta, que será ata-cada hoje por comandos conser--vadores, conforme nossa espio-nagem. Vamos chegar antes, vamos defender a clínica lutando nem que seja até o último soldado!

— Ora — resmungou um vira-lata. — Não podemos vencer sem que todo mundo morra?

— E por que *soldados*? — resmungou outro. — Não rece--bemos *soldo* algum!

— Ou vence-remos, mantendo a clínica aberta — encerrou o pastor — ou morre-remos causando o maior número possível de baixas! Todos ainda são volun-tários?

Todos, homens e cães, soltaram juntos um grito de guerra; de longe, parecia o urro de um imenso animal.

25. Uma doença estranha

Trot juntou seus livros, enfiou na mochila, pediu ajuda para colocar a mochila nas costas e afivelar, depois sentou-se diante de Sol, olhando nos olhos.

— Você é um cão muito hábil.

Sol encheu-se de orgulho, como Trot previa.

— Tem tudo para ser um grande combatente, um herói.

Sol empertilou-se, como Trot previa. E então Trot disse que tinha de ir em frente, vale por vale, sítio por sítio, ainda havia muitos cães a quem levar uma visão revolucionária.

— Adeus.

Sol, como Trot previa, perguntou o que faria com sua visão revolucionária, continuaria a viver ali a pastorear ovelhas e rastrear vacas?

— Eu quero lutar!

Trot balançou a cabeça sabiamente.

—Tenho orgulho de você, meu jovem. Sabia que era um herói desde o primeiro momento em que te vi. Mas tudo tem sua hora, e todos tem sua missão. Um recru-tador virá te buscar. A senha será "utopia". Continue mantendo o corpo em forma e o coração em chamas!

Trot viu que, como sempre, o recruta parecia crescer, de tão entusiasmado. E falou, como quem dá um presente:

— Me escolte até o riacho.

Sol foi cheio de orgulho, viu Trot seguir em frente e passou a esperar pelo recrutador. Utopia, repetia, utopia. Repetia tanto que o homem ouviu e perguntou por que ele falava aquilo. Não é da sua conta, disse Sol, e o homem se afastou. Leta viu e sentiu que alguma coisa estava errada, chegou-se ao homem, que falou, sabendo que ela não ia entender:

— Teu filho está diferente, Leta. Parece até que está doente da cabeça, anda avoado, não ouve o que falo, fica repetindo coisas. É uma doença muito estranha, não?

Leta não entendia as palavras, mas entendia o tom, e ganiu baixinho, o rabo entre as pernas. Mas logo levantou e abanou o rabo, na alegria de ver Lua e Estrela brincando. Lua era quase igual ela, a mesma pelagem negra luzidia, só não tinha a mancha branca na ponta do rabo. E Estrela era tão pequena quanto ligeira, toda manchada de branco, preto e marrom, assim se escondia tanto em mato verde quanto em mato seco, saltava sobre a irmã, rolavam brincando, Leta abanava o rabo. Olhava Sol, baixava o rabo. Olhava Lua e Estrela, abanava o rabo.

26. Uma batalha típica

O Cerco da Clínica, como ficou conhecido, foi uma batalha típica da Guerra Canil.

Os comandos de caça e outros grupos de extermínio canino se uniram para atacar a última clínica pública ainda aberta, mesmo já tendo sofrido atentados à bomba, com todos os vidros já metralhados e toda pixada, mas ainda funcionava, tocada por veterinários armados, cada um com coldre e cinturão de balas.

Nos sete anos desde que aquelas colheitas ultragênicas tinham virado ração, a discussão sobre os novos cães tinha se tornado mais e mais intensa, até chegar à histeria – quando gente sem cães nem podia ver gente com cães e vice-versa. Agora, não discutiam mais: quase todos pareciam agir automaticamente, tomando decisões e agindo já em seguida.

Como os soldados que, nas guerras antigas, iam à luta por cansaço de esperar nas trincheiras, quase todos desejavam um fim naquela escalada de ultrajes – para os conservadores – e repressão – para os evolucionários. Qualquer líder que resolvesse lutar tinha dúzias de homens e cães prontos para matar ou morrer.

O Exército, que oficialmente nada fazia além de faxina nos quartéis, clandestinamente dividiu-se: alguns militares aderiam às milícias evolucionárias e outros aos grupos de extermínio conservadores.

Uns contrabandeavam armas, outros roubavam dos arsenais, de modo que o Cerco da Clínica, com atacantes e defensores bem equipados, foi uma batalha clássica, de desgaste durante uma semana e assalto ao amanhecer do sétimo dia.

No primeiro dia o evolucionário Batalhão Motorizado "Mastim Silva" (nome de um mártir canino) avançou rapidamente até a clínica com seus quatro pelotões de vinte combatentes cada, superarmados, com jipes artilhados e caminhões de munição, bazucas, metralhadoras pesadas e morteiros. Um quinto pelotão ocupou a clínica depois que os outros fizeram um cerco defensivo com barricadas nas esquinas. Só depois disso uma coluna de infantaria chegou com o resto do batalhão para transformar toda a clínica e prédios vizinhos em casamatas.

Vendo aquilo, resolveu recuar o conservador comando de caça que ia atacar a clínica, uma vintena de homens com armas leves e granadas.

— Como souberam?

—Tem espião entre nós.

Espião descoberto e executado, aqueles homens — que em casa eram pais de família, e no trabalho eram trabalhadores comuns — ficaram a pensar o que fazer para arrasar com a maldita clínica. Procuraram outros comandos e grupos, e ao meio-dia algumas centenas se reuniram numa grande praça. Os chefes conversaram traçando planos sobre um mapa da cidade, e cada um voltou a seu grupo, deu as ordens e os homens urraram como animais.

Depois vistoriaram as armas, receberam mais granadas e foram para o ataque. Durante dias fustigaram as defesas da clínica, com tiroteio entremeado de palavrões, como nas trincheiras das guerras antigas. Depois, já próximos das barricadas, à custa de avançar palmo a palmo, usando cadáveres como trincheiras rolantes, atiraram granadas e garrafas com gasolina, como nas guerras modernas. Em seguida, mais modernos ainda, lançaram gases tóxicos e torraram com lança--chamas as últimas barricadas. Mas os prédios desovavam mais e mais soldados para substituir os que caíam lá fora. Até que se acabou a tropa de reserva e os últimos defensores externos recuaram para lutar no prédio da clínica, junto com o primeiro pelotão ainda inteiro e com armamento pesado.

Os atacantes, de barricada em barricada, tinham ganhado confiança e adeptos, mais grupos chegavam com munição, armas frescas e fervor heroico. As ruas estavam cobertas de cadáveres, mas agora, vendo que tinham rompido todas as linhas de defesa, e afinal só restava um último reduto, os combatentes da Brigada Martim da Silva (um mártir conservador) lançaram-se em massa, urrando e atirando.

No entanto, uma só bala de metralhadora pesada pode atingir vários homens avançando em massa; as ruas ficaram recobertas de cadáveres.

Os cães feridos não se retiravam da luta para a enfermaria no fundo do prédio, não, lutavam até morrer; alguns se lançavam atirando e mordendo contra a massa de atacantes.

Agora eram os atacantes a se abrigar nas barricadas abandonadas pelos defensores. E então surgiram os tanques, à frente de tropas rebeladas dos quartéis em apoio aos conservadores. Quase ao mesmo tempo, começaram a chegar novos batalhões evolucionários, com soldados e oficiais também desertados dos quartéis. A batalha se estendeu por todo o bairro, depois por quase toda a cidade.

Ao final, eram milhares os mortos de cada lado. Bairros inteiros fumegavam. Mas a clínica ainda resistia, em ruínas, os veterinários mortos em combate, os cães defensores agarrados às armas e ao ódio. O bairro, porém, tinha sido todo conquistado e declarado território conservador, de onde foram expulsos ou se mudaram todos os evolucionários, e o contrário aconteceu em outros bairros.

Ao fim de um mês, a batalha tinha dividido a capital em duas, e assim iriam se dividindo as cidades e as glebas por todo o país. Um velho militar resumiu:

— A gente pensa que faz a guerra, mas, depois que começa, ela é que faz o que quer com a gente...

27. Um herói a caminho

A colheita de morangos era uma festa que se prolongava por semanas no sítio, conforme os morangos ia madurando, vermelhos como só, e o homem e a mulher iam entre as fileiras colhendo com dois dedos aquelas pérolas de doçura. Ao contrário dos moranguinhos ácidos dos supermercados, plantados com adubos químicos e colhidos verdolengos, os morangos do sítio eram plantados com esterco curtido em palha, por isso eram tão doces que, ajudando na colheita, Sol comia muitos e dava outros para a mãe e as irmãs. Elas, com suas garras caninas, não podiam ajudar na colheita, mas ele, com suas patas transformadas, conseguia colher os moranguinhos com delicadeza, enchendo as cestas que depois o homem levava a bares e restaurantes.

Estrela comeu tanto que a barriga arredondou, foi cochilar na sombra da caminhoneta onde o homem colocava as cestas cheias. De repente, Lua latiu, a caminhoneta roncou e Estrela estava diante de um dos pneus. Sol correu, abocanhou e puxou a irmã antes que fosse esmagada. Leta lambeu a filha, depois lambeu o filho, sua boca, suas patas que conseguiam fazer tanto por elas.

Do alto do morro, com binóculos um pastor-belga, de pelagem toda negra, viu que um cão, com aquela baita boca e aquelas patas tão aptas, seria um ótimo combatente. No fim da tarde, quando Sol foi para o riacho, ele desceu do morro e chamou com apenas um latido. Sol cruzou nadando o riacho. O pastor negro se apresentou:

— Utopia.

Sol até engasgou:

— U-to...utopia!

— Pronto, camarada?

Pronto, Sol respondeu. Então vamos, disse o pastor negro com seu binóculo pendurado no pescoço. Sol disse que queria se despedir da família, o outro soltou um riso que era também um rosnado.

— Nada de senti-menta-lismo, camarada. Temos uma missão, e você terá muitos compa-nheiros, uma família muito maior. Vamos!

Sol disse que não tinha comido desde manhã, podia ao menos ir pegar um pão. Já confundindo seu negror com a escuridão da noite, o outro rosnou:

— Vamos marchar a noite toda, sem comer. É o começo do seu treinamento, camarada. Você vai se tornar um dos maiores combatentes da nossa revolução. Acredito que se tornará um herói, será lembrado por muitas gerações de cães.

Sol esqueceu a fome, vendo-se lá adiante, longe na escuridão, aclamado por multidões de cães, o peito recoberto de medalhas como tinha visto nos livros de Trot. Então chegava até a ultrapassar o pastor negro na escuridão, o outro chamava:

— Espere, camarada!

E, quando surgiu o sol adiante deles, Sol, ofegante, virou-se para o pastor, cuja pelagem negra luzia iluminada, e perguntou quando começaria a lutar. Quando estiver preparado, respondeu o outro, e continuaram a marchar sem comer, enquanto, no sítio, Leta também deixava na vasilha toda comida, olhando a vasilha vazia do filho sumido.

28. Ao redor das fogueiras

Na verdade, o povo humano se dividiu não em dois mas em três: havia também uma minoria que não ficou nem de um lado nem de outro, e estes se dividiam em dois tipos: os que não queriam nem cães nem guerra, e os que não queriam saber de nada além de viver a própria vida ignorando o mundo.

Mas é difícil ignorar o mundo quando ele bombardeia tua rua e cava trincheiras no teu jardim; então muitos mudaram para o campo ou foram viver nos porões, porque os sótãos recebiam muitas balas perdidas.

A guerra se espalhou por todas as cidades, em batalhas e escaramuças urbanas, bairros sitiados nas próprias defesas, colunas suicidas fustigando aqui e ali, em incursões relâmpago, enquanto os obuses dos morteiros caíam nos dois lados, acoli e acolá, matando ou ferindo alguém de vez em quando.

Os cães revelavam-se ótimos soldados: fiéis, obedientes, corajosos, ótimos para patrulha, usando o faro para descobrir o inimigo a distância. Também eram cumpridores suicidas de cada missão, fosse defender ou atacar – e, para os conservadores, a cada batalha ficava claro que enfrentar um cão era matar ou morrer.

Feridos, lançavam-se sobre o inimigo, com granadas nas mapatas, como chamavam a mistura de mão e pata, mais eficiente a cada nova geração.

Como se dissessem "ah, sabemos que vocês estão lutando por nós", os cães eram os primeiros a se apresentar aos humanos como voluntários; e eram também os primeiros nas linhas de combate, como eram os últimos a recuar nas retiradas, levando os homens feridos abandonados pelos companheiros humanos.

À noite, ao redor das fogueiras, os homens se admiravam:

– Vocês, cães, são os melhores soldados que este mundo já viu!

– Bondade de vocês, lutamos por instinto. Tenho um quaquavô vivo que ainda rói ossos e não sabe falar uma palavra. Ainda outro dia éramos animais apenas. Evo-luímos tanto, mas em tão pouco tempo que não perdemos o instinto de luta dos cães antigos, nem o faro. É só isso.

— Vocês são uns heróis. É ou não é, turma?

Os cães eram ovacionados. Com o tempo e a luta diária, mais ovacionados quanto menos sobreviventes. Contavam-se histórias e lendas de cães heróis.

O *dobermann* Lawrence Caolho, sozinho e com várias balas no corpo, tinha botado para correr uma dúzia de inimigos, lutando sem munição, usando a arma como cacete; um Sansão, diziam os homens. Lawrence morreu, mas seu nome continuou herdado por muitas crianças e filhotes.

O dinamarquês Leonardo invadiu três trincheiras, já sendo ferido na primeira, e na última, morrendo, metralhou o inimigo em retirada com a metralhadora que tinha acabado de conquistar, queimando as mãos no cano quente; e morreu apertando o gatilho até a munição acabar.

Linda, a cadela espiã, fingindo-se antiga e estúpida, tinha vivido entre as tropas inimigas como mascote, durante todo um ano revelando todos os segredos de campanha e movimentos estratégicos. Quando descobriram seu microcelular costurado na pele, foi morta lentamente numa fogueira.

— Como faziam com as bruxas na Idade Média, malditos anticães! — os evolucionários espumavam de ódio com as atrocidades dos conservadores.

Vingavam-se com outras atrocidades. Cães com as velhas habilidades toupeiras, como os bassês, cavavam túneis até as linhas inimigas, e lá lançavam pós coçantes ou gases tóxicos. E hospitais de campanha tornaram-se alvos preferidos de bombardeios e ataques aéreos.

Ao redor das fogueiras, alguns soldados começaram a se perguntar, em voz alta, por que afinal estavam lutando. Ao perceber cães por perto, calavam-se, mas logo conversariam aqui e ali, em rodas apenas de humanos:

— Vale a pena tanta morte e destruição por causa de cães?

As cidades estavam destruídas, a guerra se espalhava para os campos, até com cavalaria motorizada: motos, como as das *blitzkrieg* nazistas, que os cães pilotavam com destreza, equipadas com metralhadora no guidão e lança-mísseis na traseira. Grandes fábricas faziam armas adaptadas para cães, do fuzil às pistolas e bazucas, enquanto os conservadores se aprimoravam em canhonetes com bombas de fragmentação, para ferir o máximo de inimigos.

— Guerra é assim — diziam olhando o fogo.

— Mas por que começamos?! Nem me lembro mais! Direitos caninos, era isso?!

— No fundo — cochichava alguém — acho que tudo é por causa de grana, cara, dinheiro mesmo. Quem ganhava com as indústrias de artigos para cães? São os mesmos que agora fabricam armas!

29. Mãe e filho

No sítio, Leta passou três dias sem comer.

No acampamento militar, Sol passou três dias treinando marchas de combate, rastejamento, salto de obstáculos.

Leta voltou a comer, mas apenas mingau de aveia, coisa a que não resistia mesmo com o rabo ainda quieto entre as pernas.

Sol pegou sua primeira arma, um rifle adaptado para cães, e, sentando nas mapatas traseiras, apoiou as dianteiras no topo da trincheira, mirou e atirou conforme as instruções. Quando o instrutor foi examinar os alvos, deu os parabéns:

— Acertou todas, camarada. Logo você vai para o treinamento avançado!

Leta, que recomeçava a andar pelo terreiro, depois de enfurnada em casa uma semana inteira, de repente sentiu uma tristeza tão funda e tão pesada que deitou debaixo atrás do sofá e lá ficou. Estrela tentava alegrar a mãe, pulando por cima, latindo a chamar para brincar, mas Leta fechava os olhos, via Sol, enrolava-se no rabo como se estivessem no inverno.

Era verão, e Sol sentia o capacete aquecer, mas continuava a avançar rastejando, no ataque simulado de seu batalhão, os comandantes observando tudo com binóculos lá de cima dos morros. Sol atirou, lançou granadas, manejou bazuca, e, no fim da tarde, quando recebeu sua marmita de ração, recebeu também um aviso: comesse logo, depois iria ao comando. Mal comeu, foi para a grande barraca do comando. Entrou, o comandante, ladeado pelos oficiais, mandou ficar em pé.

Sol ergueu as mapatas dianteiras, sentado nas traseiras, e o comante lhe pregou uma medalha no colete de munição.

— Você foi escolhido o melhor do batalhão no treinamento, soldado, logo irá para a linha de frente!

Sol mal conseguiu dormir, de tão ansioso.

Leta, depois do dia inteiro com olhos fechados, não dormia, olhando a escuridão.

30. Explosiva rotina

— O ódio alimenta os exércitos! — disse o general humano aos oficiais do Estado-Maior misto, homens e cães reunidos num porão diante de mapas molhados de café (os cães ainda tinham mais dificuldade para segurar canecas do que para manejar armas).

— O ódio alimenta os exércitos — repetiu o general — apenas moralmente, mantendo o espírito de luta. Mas o que alimenta o corpo é comida mesmo! Do jeito que estão as coisas, vencerá quem tiver como se alimentar!

Algumas cidades estavam cercadas pelos conservadores, outras cercadas pelos evolucionários. Numas e noutras, os cães se mostravam grandes combatentes, e os homens, para não deixar por menos, também combatiam ferozmente — mas, como em toda guerra, escreveu um jornalista, o povo sofria. Caravanas de milhares de famílias iam de cidade para cidade, fugindo desta para aquela, daquela para aqueloutra, conforme iam sendo sitiadas por uns ou outros.

O homem — escreveu o jornalista — é mesmo o mais adaptável dos seres. Num país devastado por uma guerra prolongada e desgastante, dominado pelo medo e pelo ódio, há uma rotina. Amanhecendo, as trincheiras se cumprimentam, trocando tiros e obuses. E se provocam pelos alto-falantes:

— Como é? Não têm o que comer? Comam cachorro!

— Cachorro é homem sem-vergonha igual vocês! Nós convivemos com cães! Vem pra luta, cambada!

Mas a guerra imobilizou-se nas trincheiras, com armamento pesado do exército nacional, que deixou de existir, dividido e pilhado. Os últimos ataques foram repelidos com tantas baixas que, agora, tanto uns como outros se mantêm nas suas posições, esperando não sabem o quê. De certo, resta apenas a carência de suprimentos, dos dois lados, entre a destruição das cidades nas batalhas.

Cansado de vagar de cidade em cidade, fugindo de cercos e combates, o povo em êxodo acabou descobrindo o campo. Ainda havia pequenos lavradores que quiseram defender seus sítios com velhas armas de família, mas se viram diante de marés de gente, a invadir porteiras, derrubar cercas, para comer milho ainda verde no milharal, mascar cereais crus, catar ovos pelos matos, caçar tudo que se movesse. Sujas e descabeladas, as pessoas pareciam bichos.

Depois de saquear chácaras e sítios, foram para as fazendas, onde silos e armazéns cheios foram esvaziados por multidões como formigas, mulheres levando saca na cabeça, crianças levando panelas cheias, homens a esquartejar até os animais de montaria, para salgar com o sal dos cochos e assar mesmo que, para fazer o braseiro, fosse preciso queimar o curral.

Depois do povo foram para os campos os exércitos. As grandes fazendas se defendiam com cercas eletrificadas e milícias próprias, mas a necessidade é o motor da coragem, conforme um general: mais que depressa as cercas foram abertas a canhão, os armazéns conquistados a bala, e a fartura foi distribuída entre as fileiras.

Comiam, voltavam a lutar para defender a fazenda contra o inimigo faminto, que por isso mesmo lutava a ponto de os defensores se retirarem, afinal havia mais fazendas. Enquanto as tropas pilhavam o campo, entre tiroteios e batalhas, o povo voltava para as cidades, plantando hortas nos quintais, nos terraços, em vasos nas janelas, em banheiras cheias de terra.

Lutar era a rotina – lutar para não morrer se atacado, lutar pela sobrevivência todo dia, lutar para acreditar que lutar valia a pena. No Estado-Maior, um general tinha de combater a toda hora o desânimo dos oficiais:

— Animem-se, guerra é assim! Passam meses sem novidades, de repente tudo se precipita! Ainda veremos um mundo novo, de homens e cães trabalhando juntos com amizade e alegria!

— E direitos trabalhistas? — perguntou um *dobermann* major.

— No futuro também será bom — falou um *rottweiler* coronel. — os cães terem liberdade de escolher trabalho conforme a vocação. Eu não quero mais voltar a fazer compras, cuidar de jardim ou outro trabalho que não seja guarda e segurança, nasci pra isso.

— Eu quero ser deputado — falou um tenente vira-lata.

—Vo-cê?! — espantou-se o *dobermann*.

— Por que não? Você acha que só cão de raça pode ser deputado?!

— Esperem aí — rugiu o general. — Quem falou que cão poderá ser deputado? Tudo tem um limite!

Entreolharam-se com desconfiança os oficiais homens e cães, mas oficialmente continuaram aliados.

31. A pilhagem

Primeiro apenas uma patrulha chegou ao sítio. Era comandada por um sargento humano, com um cabo cão e uma dúzia de homens e cãos soldados. Vinham com armas leves, fuzis, pistolas e granadas, mas saíram de dois caminhões pesados, com grandes carrocerias, e o sargento falou ao sitiante:

— Nosso serviço de inteligência diz que o senhor é evolucionário, certo? Viemos pegar suprimentos para nossas tropas, o senhor receberá requisições assinadas por nosso comandante, para receber indenizações futuras.

O fazendeiro concordou, só pediu que não levassem os reprodutores, touros e vacas, nem os carneirões e as ovelhas prenhas, e deixassem no paiol milho bastante para o inverno dos animais. O pelotão encheu a carroceria dos caminhões, e se foram, mas daí surgiu outro pelotão conservador, com outros caminhões e outra conversa:

— Sabemos que você é evolucionário, vamos levar tudo!

Mataram os touros e vacas, mesmo com o sitiante implorando e explicando que eram reprodutores, porque mortos muitos poderiam ser empilhados nos caminhões, enquanto vivos só poucos poderiam ir em pé. E levaram todo o milho, até o trigo da casa, até a ração dos cães, um tenente explicando:

— Também temos cães, do tipo antigo, usamos como farejadores nas patrulhas.

Quando o último caminhão saiu do sítio, deixou a porteira aberta, e por ela sairiam no dia seguinte o homem e a mulher, num jipe tão cheio de malas que não caberiam os cachorros.

— Temos de deixar vocês — o homem falou para Leta.

— Fiquem com Deus — a mulher falou, e Estrela abanou o rabo, como sempre quando falavam com ela, mas o rabo foi baixando conforme o jipe foi se afastando.

Depois Leta percorreu a casa, farejando algum resto de comida, e enfim saiu para o terreiro, olhando a porteira. As filhas vieram lamber o focinho da mãe, uma de cada lado, e ela sabia o que aquelas lambidas diziam: queremos comida, mãe, quando vamos comer de novo?

Leta foi na direção da porteira, sabendo que elas iriam atrás, mas depois disso não sabia mais nada.

32. Bicho esquisito

Os conservadores conservaram as mesmas ideias, mas os evolucionários foram evoluindo; não oficialmente, mas nas conversas ao pé do fogo, conforme foram fazendo fogueiras só de homens aqui, só de cães ali... Um homem lembrava:
— Eu tinha uma família, uma casa, um cão com sua casinha. O cão comeu aquela ração bendita ou maldita, já nem sei, e eis que os filhotes já passaram a viver dentro de casa. Muita coisa melhorou, passamos a economizar jardineiro e tintureiro, a casa nunca esteve tão limpa, e eles fizeram uma horta que dava montes de legumes. Mas quiseram comer na mesa com a gente e eu, para não brigar com a família, aceitei. E passamos a ver na tevê só programas e filmes escolhidos por eles, porque precisavam se educar, conforme minha mulher, aprender a cultura humana...

— Lá em casa foi a mesma coisa, no fim a gente estava vivendo para os cães. Reformamos a casa para fazer mais quartos, mudamos o cardápio, e eles nem agradeciam, achavam natural!

— É, esses novos cães não são nada agradecidos. Dá saudade daqueles cães que lambiam a mão da gente mesmo depois de receber pancada.

— Ai de quem bater num cão hoje! Mas que dá até vontade, dá! Sabia que agora estão pedindo paridade de combate?

— O quê?

— Paridade de combate: toda patrulha ou ataque deve ter o mesmo número de homens e cães. Dizem eles que estão morrendo muito mais cães que homens, porque são sempre muito mais cães nas linhas de frente!

— E é verdade, mas afinal um homem demora nove meses para nascer, e um cão só setenta dias! Com um ano já está com o corpo quase formado e já pode ser soldado, enquanto um homem precisa de dezoito anos até se tornar soldado! Há mais cães em combate porque nascem mais cães que homens, só isso!

— Mas nem me incomoda muito dar direitos e atender a exigências de cães, cara, o que me irrita é essa mania de superioridade deles! Não mentem, são sempre sinceros, dizem o que pensam, quem é que pensam que são?! São só uns bichos muito esquisitos!

Logo adiante, numa roda de cães, a conversa também era em voz baixa:

— Quem é que eles pensam que são?! Lutam com um pé atrás, prontos para se retirar, e depois ficam contando bravata, dizendo que fizeram e aconteceram...

— Homens são assim, fingidos, parece ser da natureza deles. Falam uma coisa, fazem outra. Combinam isto, pensando em fazer aquilo. Adoram prometer e não cumprir ou até esquecer. Gostam de enganar ou ser enganados, e chamam isso de política. Eu até quis entender, desisti. Os deputados, para se eleger, gastam fortunas nas campanhas eleitorais, todos dizendo que vão ao Congresso em nome dos pobres...

— E o governo então? Sabia que os conselheiros do tal Tribunal de Contas, que fiscaliza as contas do governo, são indicados pelo próprio governo? Eles têm até um ditado pra isso: raposa cuidando de galinheiro...

— Me contaram que os políticos seguem um tal Maquiavel, para quem na política vale tudo, mentira, intriga, traição, *os fins justificam os meios*! E o mais incrível é que todo mundo desconfia ou tem certeza de que os tais homens públicos, como eles dizem, roubam o tal dinheiro público, mas ninguém faz nada!

— Como não? Sempre abrem "rigorosos" inquéritos!...

— Falando sério, não entendo como o povo humano não via que, quando havia governo, existiam dois tipos de gente: os que viviam do governo, autoridades, assessores e funcionários públicos, e os que viviam para o governo, o povo que pagava impostos embutidos, como diziam, em tudo que compravam.

— Bem, este bem esta guerra já fez, acabou-se o governo.

— Mas desconfio que os humanos não conseguem viver sem governo.

— Será? Então por que deixaram o governo entregue às máfias?!

— Também não entendo. Gente é um bicho muito esquisito!

Passava um carro blindado com alto-falante:

Atenção! O Estado-Maior comunica que, a partir da zero hora de hoje, começa uma trégua, de prazo indeterminado, acertada com o inimigo para plantio das lavouras de verão! Atenção...

33. No labirinto

Sol participou de missões onde seu faro salvou patrulhas, ou onde sua bravura liderou ataques, e em trincheiras continuou firme sob bombardeio pesado, e assim foi promovido a cabo, sargento e tenente.

Leta lembrava do filho todo dia e toda hora, ao procurar comida, ao vadear riachos, ao desviar de perigos, ao enfrentar desafios. Aqui, ele fazia assim. Agora, como ele faria? O que foi mesmo que ele fez diante disso? Ele tinha sumido, mas assim continuava com elas, cuidando delas, e assim Leta ia enfrentando tudo de rabo erguido.

Olhava as filhas e via também o filho. Um dia acharia o filho. Um dia. O céu tem tantas estrelas, mas algumas caem riscando o céu. O mundo tem tantos caminhos, mas aqui e ali se cruzam, um dia se encontrariam. Se soubesse falar como o filho...

Promovido tenente e mais condecorado com mais uma medalha, Sol recebeu licença, tinha uma semana para fazer o que quisesse, disse o comandante.

— Quero procurar minha família.
— Pegue um jipe e uma escolta, boa sorte.

Sol foi até o sítio, lutando pelo caminho, patrulhas inimigas rondavam pelos campos. De longe, viu a porteira aberta, adivinhou. Na casa vazia, até os móveis não estavam mais, usados por patrulhas para fogueiras no terreiro. Mas a horta tinha grandes cenouras que arrancou lembrando da mãe, só ela da família gostava de cenouras. Guardou algumas no jipe, para acaso encontrasse com ela em alguma estrada.

Na estrada, vendo ao longe um jipe, Leta latiu para as filhas se esconderem, e também foi se enfiar no matagal. O jipe passou, com um homem ao volante e, ao lado, um cachorro alto que até parecia Sol, mas não podia ser, Sol não era tão forte, ela pensou, sem saber como o treinamento militar pode mudar um homem ou um cão.

34. Mães de aluguel

Durante alguns meses – do plantio à colheita – a guerra parou, enquanto oficialmente quase todos se dedicavam a plantar e cuidar das plantações. Quase todos, porque alguns, clandestinamente, na verdade muitos, dedicavam-se a espionar o inimigo, restaurar armamento e fabricar munições.

Mas, trabalhando a terra lado a lado, nos campos salpicados de crateras de bombas, aqui os homens se perguntavam por que afinal continuar a guerra, ali os cães se perguntavam por que afinal estavam em guerra? De que valia a vida vivida assim?

– Podíamos simples-mente fugir e criar um mundo nosso, sem humanos, sem vio-lência.

– É? Onde? Na Ama-zônia? No Tibet?! Mesmo lá, eles iriam atrás de nós. Temos de resolver isso aqui, entre nós, homens e cães. Temos de vencer, e os vencidos obede-cerão as novas regras, seguirão a nova ordem social, onde cães e homens serão iguais!

— É mesmo? Sempre que a gente fala nisso, eles mudam de assunto...

Entre os homens, a conversa era mais ou menos a mesma:

— Por que não deixamos os cães por conta própria e voltamos para as cidades, para viver em paz...? Para que precisávamos tanto de cães?

— É verdade, a gente fazia carinho neles, eles lambiam a mão da gente... Hoje, quem vai fazer carinho num bicho armado até os dentes?!

— E o inimigo tem razão numa coisa, era muito cão tirando muito emprego de gente... Sabiam que a última geração já tem mapatas tão desenvolvidas que conseguem até tocar piano?

— Então já conseguem digitar em computador, não? Será que...?

— Eu acho um perigo. Somos aliados, mas eles estão sempre na deles, sempre falando baixo entre eles, sempre juntos... Até parece que estão com a gente só até derrotar o inimigo...

— Pois eles sabem lutar muito bem, não sabem? Vamos ter muita munição nova no começo do outono, e muitas colheitas também. Podemos deixar muita munição com eles, e um pouco das colheitas, e nos retiramos das frentes de luta, dizendo que vamos defender nossas cidades e que as frentes de luta no campo ficam com eles, afinal o problema sempre foi deles!

Entre os conservadores, a conversa era outra:

— Por que continuar uma guerra perdida? Eles podem lutar eternamente, porque têm uma fonte de escravos e soldados, aquela maldita cachorrada! Nós, quando cai um combatente, temos de botar seu filho para ocupar o lugar na linha!

— Mas só porque muitos desertaram. Causamos mais baixas a eles que eles a nós, mesmo com os malditos cachorros.

— Isso é verdade, mas de que adianta? Somos poucos, e cada dia menos porque toda noite mais alguns desertam... No fim, como vai ser? Vamos ficar um de costas para o outro lutando contra quantos?! Eu não sou Sansão! Como vai ser?!

— O que eu sei é que não consigo lembrar por que cachorro me incomodava tanto. São até bem admiráveis, ao menos como combatentes, não?

— Infelizmente...

— Sabe do que eu tenho saudade, além de comer decentemente, beber água limpa, deitar numa cama e dormir em paz? Tenho saudade dos latidos dos cachorros na vizinhança, que antes me incomodavam tanto, me tiravam o sono, e agora, toda noite, sinto falta, por que será?

Enquanto isso, em grandes alojamentos subterrâneos e secretos, cadelas prenhas coçavam o tédio entre bocejos e cochichos:

— Por que a gente não pode ao menos passear lá fora?

— Ora, querida, já expli-caram. O saté-lite deles pode ver e aí pode chover bomba.

— Duvido. Acho que deixam a gente assim, meio prisio--neiras, porque, simples-mente, eles não sabem se é certo o que estão fazendo! Nem os nazistas fizeram isso!

— Você preferia o quê? Parir em qualquer canto como antiga-mente?!

— Só não queria ter de entregar todos os filhotes para a revo-lução. Ei, quem é que está chegando?

Os enfermeiros se perfilaram, entraram no grande salão dois *dobermanns* com metralhadoras e granadas, atentos como todos os guarda-costas, em seguida entrou um garboso dinamarquês coronel:

— Bom dia, senhoras! Viemos, em nome do Governo Provisório, entregar medalhas de Cadela Honorária para as seguintes heroínas do Programa de Procriação Revolucionária! Lulu do Nascimento...

35. Por quê?

O jipe se afastou, Leta saiu do mato, chamou as filhas, foram em frente. Ver um cão tão parecido com Sol lhe dava esperança, e só isso já era bom, assim ia em frente, para achar algum lugar onde, de novo, as filhas pudessem ser felizes, porque ela mesma... agora carregava aquela dor de não saber por quê. Por que ele tinha sumido daquele jeito? Teria sido por causa dela, cansado de trabalhar para a mãe e as irmãs terem um lar? Pensando-sentindo assim, do jeito que os cachorros antigos, nem viu que um caminhão vinha devagar pela rodovia.

Devagar, Sol comandou para o motorista do jipe, que fosse mais devagar. Afinal, estava numa busca, e novos cães desertores, como também velhos cães abandonados, vagavam pelo acostamento da rodovia, talvez a mãe e a irmã também. O motorista, um cabo humano, detestava receber ordens de um cão, mesmo sendo um tenente herói dos mais condecorados. Quando Sol desceu para perguntar a outros cães se tinham visto uma cadela com duas filhas, de cores assim e assim, o cabo falou ao artilheiro, um *dog alemão* que ia na traseira com a metralhadora de tripé:

— Por que ele quer achar a mãe e as irmãs se elas são do tipo antigo? Nem deviam conversar!... Não entendo por quê!

Sol também pensava: por que aquela guerra? Desde os primeiros dias de treinamento, lembrando de Trot e seus livros, tinha aprendido a ler, à noite no acampamento, à luz de lampiões ou mesmo na claridade de fogueiras, perguntando a um ou outro as letras, as palavras, soletrando manchetes de velhas revistas usadas para acender fogo, emprestando livros do capelão, do médico, de um outro oficial. E, com a inteligência aguçada pelo consumo de muita ração para compensar o desgaste dos treinamentos, tinha aprendido a ler em poucas semanas.

Depois o médico do batalhão lhe emprestara mais e mais livros, e Sol, já promovido a cabo, podia ter uma lanterna, lia à noite na barraca, lia até nas trincheiras. Soube que a guerra era coisa humana desde antes da Antiguidade, quando as tribos primitivas disputavam territórios, roubavam mulheres e animais, escravizavam prisioneiros. Soube que, antes até, Caim matara Abel, como depois Remo disputaria com Rômulo a Roma que como irmãos tinham fundado. Por quê? Os humanos seriam assim, sempre falando em amor e odiando tanto?

A História, que como a Humanidade começava com H, era como uma corda que se esticava, trançada pelo trabalho, mas pontuada de nós pelas guerras, os nós estrangulando os fios da corda, mas a corda continuando, após cada nó, mais grossa, mais forte, mesmo depois de tanto morticínio e caos. E por que os humanos guerreavam? Primeiramente, por território e riquezas, e também, aparentemente, por ideias, deuses, religiões, raças, diferenças enfim, mas no fim das contas Sol concluía que era sempre por poder.

Então lembrava de Leta, sua mãe que nada queria além de cuidar deles e viver feliz, com alguma comida, água limpa e um pouco de chão para dar umas corridas, mais nada. Lembrava das irmãs correndo alegres pelo pasto orvalhado, voltando ensopadas para as lambidas da mãe. Arrepiava lembrando das lambidas da mãe, que tinha recusado depois de ouvir Trot e as promessas de glória na guerra...

Podemor ir? – pediu ao motorista, porque já não gostava de ordenar, e depois, numa próxima parada quando Sol se afastasse do jipe, o motorista diria ao artilheiro:

– Que pedante ele é!... Finge que é um cavalheiro, que não gosta de mandar...

Sol voltava ao jipe desanimado, ninguém sabia, não, de uma cadela com duas filhas assim e assim, até porque todas as cadelas estavam sendo arrebanhadas para as clínicas de procriação. Tocaram em frente, passando por um caminhão com a carroceria gradeada, cheia de cadelas de todas as raças. Mais adiante, pararam num acampamento fortificado, cercado de paliçadas e trincheiras, com sentinelas em guaritas, e Sol colocou no peito todas suas medalhas.

— Para sermos bem recebidos, vocês merecem uma boa barraca e um bom descanso.

Quando se afastou, para percorrer o acampamento, o motorista falou ao artilheiro:

— E faz pose de bom companheiro... Esse aí vai acabar general...

Sol andou pelo acampamento. Por que gastar tanto com armas, quando os campos precisavam de ferramentas? Por que construir tanques quando era preciso tratores? Por que não podiam viver em paz, cães de todos os tipos e homens de todas as ideias? Então parou diante de um grande cercado cheio de cadelas à espera de triagem e transporte para as clínicas. Emprestou binóculos de um sentinela, olhou e viu, acima da massa de cadelas rodeando os cochos de ração, um rabo erguido, um rabo negro com uma mancha branca na ponta.

36. Mundo cão

Com as colheitas, refizeram-se os ânimos, recomeçaram os combates — não mais ataques frontais nem batalhas, cercos, grandes movimentos de tropa, nada disso: apenas fustigamentos, tiroteios, escaramuças, uma ou outra emboscada a alguma patrulha mais atrevida.

Os conservadores conservaram-se nas suas posições, fortificando trincheiras e casamatas, minando terrenos e estendendo longas barreiras de arame farpado, estacas e armadilhas.

Entre os evolucionários, os homens achavam suicídio atacar, os cães achavam uma questão de honra:

— Ou eles pensarão que estamos nos confor-mando com a situação, aí poderão atacar, e nós nem prepa-ramos boas defesas!

— Não prepararam porque não quiseram! Nós demos ordens para cavarem mais trincheiras!

— Mas nós queremos atacar! Sem atacar, nunca venceremos, nós lemos um pouco do que vocês chamam de arte da guerra!

— Leram? Desde quando aprenderam a ler?!

Com a leitura, aprendida em reuniões secretas dos mais espertos, os cães tinham descoberto que o Estado-Maior, misto de homens e cães, tomava decisões que o general transformava em ordens escritas aos comandantes das tropas, ordens bem diferentes das decididas pelo Estado-Maior.

Os cães, porém, não deixaram os homens desconfiar de nada, já que a estratégia era mesmo não atacar, ao menos não morreriam em ataques estúpidos como antes, e criaram um Estado-Maior Canino clandestino. Aprenderam a mentir. E os homens talvez jamais descobrissem se um obus de morteiro não atingisse exatamente o ponto onde se reunia o alto-comando canino, matando três oficiais e ferindo ordenanças com mensagens escritas e idênticas: *Ataque geral — meia-noite!*

— Dá dó — disse o motorista humano da ambulância. — Nem aprenderam a usar linguagem de código para mensagens, e vão fazer um ataque geral!

Ligou logo para o Estado-Maior, avisou um capitão humano que, passando ao largo de seu imediato, um coronel-cão, foi direto ao general homem — que achou melhor nada fazer. Ou melhor: ligou pessoalmente para todos os comandantes humanos, avisando para ignorarem movimentos de tropas caninas.

Meia-noite, os cães se lançaram ao ataque como antigamente se lançavam sobre carne crua.

Foi como na Primeira Guerra Mundial. Levas e levas, ondas e ondas de combatentes, sempre os melhores primeiro, os mais corajosos antes, os mais generosos sempre, foram sendo derrubados pela metralha entrincheirada dos conservadores. As trincheiras inimigas acendiam holofotes e as explosões iluminavam ainda mais o campo de batalha, nas casamatas as metralhadoras trabalhavam à vontade.

Oficiais humanos correram ao general:

— É um massacre, chefe, não vamos fazer nada?!

— Quem sabe estamos nos livrando de dois problemas?...

À custa de estender um tapete de cadáveres, os cães chegaram às primeiras trincheiras, para descobrir que seus defensores tinham acabado de recuar, deixando bombas ativadas. Os cães que conquistavam trincheiras explodiam enquanto ainda comemoravam a vitória.

Mas, aproveitando a confusão do combate e antes que amanhecesse, desertaram muitos conservadores. Quando amanheceu, os defensores viram que tinham matado muito mais do que poderiam imaginar, mas os atacantes também viam que o inimigo enfraquecia, embora tivessem de morrer muitos para que apenas alguns, talvez das novas tropas recém-chegadas, chegassem às últimas trincheiras.

A quentura das armas forçou uma trégua, enquanto enfermeiros zanzavam pelo campo de batalha entre os gritos dos feridos. Com os gritos ecoando ao longe, reuniram-se os sobreviventes do Estado-Maior:

— Senhores, a questão é: valerá a pena sacrificar tantos, quase todos? Não será mais uma vitória da morte que da causa?

— Coronel — perfilou-se um mastim com medalhas amassadas no peito —, viver é lutar, morrer lutando é uma glória!

— Pena que, de glória em glória, talvez acabemos com toda a tropa. Pelos meus cálculos, quando chegarmos à última trincheira, os últimos de nós estaremos combatendo os últimos conservadores e...

Não pôde completar o pensamento: diretamente dos campos de treinamento chegavam novas tropas, uivando de ansiedade para entrar em combate.

37. A mancha branca

Sol devolveu os binóculos ao sentinela, mandou abrir o portão para entrar no cercado. O sentinela, um homem de feição canina, piscou para dizer:

— Vai escolher alguma, tenente? Elas são para procriar mesmo, não é?

Sol agarrou o homem pela gola da farda, chacoalhou, jogou longe. O homem disse que daria queixa dele por maus tratos:

— Não sou rato pra ser tratado assim! Que é que os cães estão pensando, que vão mesmo nos dominar, não é?

Sol entrou no cercado, vendo que grupos de cadelas zanzavam para lá e para cá, conforme os cochos recebiam ração, mas aquele rabo com a mancha branca continuava lá, lambendo os restos do primeiro cocho. Ele se chegou e falou, mesmo sabendo que ela não entenderia, mas reconheceria a voz:

— Mãe?

Antes que ela se voltasse, o rabo abanou, e, quando ela se voltou, seus olhos abriram tanto que diziam tudo. Correu para o filho, esfregou-se no filho, que ria como riem os humanos, e depois lambeu o filho, procurando suas velhas cicatrizes para lamber, mas achou medalhas, e ele explicou, mesmo sabendo que ela não ia entender:

— São uns pedaços de lata, mãe, que me deram, mas não valem nada.

Afagou as irmãs, apontou o portão, foram para lá e ele chamou outro sentinela:

— Quer ganhar umas medalhas? Tome, tome, tome!

O sentinela nem acreditava, era um labrador que sonhava ganhar alguma medalha e, agora, ganhava várias, depois da guerra poderia andar com elas no peito, ninguém saberia que não eram suas mesmo, e receberia agrados e favores e...

Enquanto o labrador sonhava, lambendo as medalhas, Sol passou pelo portão com Leta, Lua e Estrela seguindo atrás quietinhas. Apontou:

— Subam naquele jipe e esperem lá.

Procurou o motorista e o artilheiro, ordenou:

— Temos de ir já, ordem do comando, missão especial.

Que missão, perguntou o motorista, ele apontou um rabo branco aparecendo acima da traseira do jipe:

— Prisioneiras especiais.

Prisioneiras es-pe-ci-ais? — O motorista estranhou, nem sabia que existiam prisioneiros especiais, Sol falou duro:

— Agora existem, e ordem é ordem. Peguem ração, humanas e caninas, e dois galões de água. Vamos!

Quando o jipe chegou à rodovia, Sol mandou seguir para o mesmo sítio onde já tinha passado, o motorista perguntou por quê, ele não respondeu. Leta não entendia nada, como sempre, mas olhava o filho com tanto orgulho e amor que o artilheiro perguntou:

— Já conhecia esta cadela, tenente?

— Já — Sol falou sorrindo. — Desde o tempo em que eu caçava ratos.

O jipe ia em frente, a mancha branca agitando na ponta do rabo.

38. Cinzas do futuro

As novas tropas foram para a luta atropelando o que restava das velhas tropas, inclusive o Estado-Maior, a esta altura já bem menor, poucos oficiais não estavam mortos ou nas enfermarias.

— Parem! — gritavam os sargentos — Protejam-se!

Era como ordenar o contrário, ondas de cães passavam ululando pelas trincheiras já conquistadas, continuavam correndo para a frente de luta, onde já chegavam cansados e arquejantes. Defrontavam com o fogo inimigo, viravam montes de baratas tontas correndo no tiroteio, até que cada um conseguia encontrar ao menos uma bala e caía.

— Que diabo! — Urravam os veteranos vendo o morticínio. — Eles não obedecem!

— Não — segredou um oficial de treinamento. — Eles não obedecem. Faz tempo que venho alertando, há alguma coisa errada com esses novos recrutas.

Anoiteceu, os veteranos recolheram os sobreviventes, entocados em crateras de bombas e trincheiras abandonadas. Muitos não conseguiam falar, de susto e pavor, outros falavam sozinhos, e outros ainda não falariam mais nada, nem nos dias seguintes, a olhar tudo com desconfiança e medo.

Os conservadores tinham esgotado a munição, mas os evolucionários não sabiam disso.

Os evolucionários tinham esgotado suas tropas, mas os conservadores não sabiam disso.

E um novo dia clareou os campos de batalha, com urubus começando a pousar entre os corpos, perseguidos por recrutas que pareciam cães antigos, caçando a correr sobre as quatro patas.

— O que esses imbecis estão fazendo lá? Podem pegar doenças e contaminar a tropa!

— Eles não obedecem, coronel, parece até que nem ouvem. O médico acredita que se trata de trauma pós-batalha.

Para formar novos batalhões, juntaram-se os soldados veteranos e os recrutas sobreviventes em bom estado mental. Na trégua não declarada, que se estendeu por semanas, iriam descobrir que aqueles novos recrutas não estavam bem da cabeça, além de sofrer dores crônicas — nas juntas, nas vértebras, nos ossos das patas que continuavam se deformando. Eles tinham escondido as dores, com o temor de não chegar a lutar. Agora, condecorados heróis de guerra, não tinham mais por que abafar gemidos e gritos.

As juntas inchavam, tinham de voltar a andar de quatro para suportar as dores; ou andar usando o fuzil como muleta.

Alguns tinham dores de cabeça de enlouquecer; um pequinês atacou um oficial humano, foi morto a tiros de pistola.

Muitos tinham convulsões. Enfermeiros dos dois lados levaram dias recolhendo os corpos e enterrando em valas abertas com tratores.

Quando os campos de batalha amanheceram limpos de novo, ficaram de coração apertado os cães veteranos, também quase doidos, como os humanos, entre tantos gemidos e gritos. O que viria agora?

— Não será melhor morrer do que lutar? — pensou alto um veterano buldogue olhando cinzas. — Para que viver num mundo assim?

— E pensar que sonhamos com tanto futuro — gemeu um recruta bassê. — Crescemos apren-dendo que somos uma nova espécie, para fazer com os humanos um mundo livre e justo para todos, onde todos teriam opor-tuni-dades, onde reinariam a soli-darie-dade, a ami-zade e a bondade.

— Uto-pia é como os humanos chamam isso. Uma vontade que não se rea-liza, um sonho que não é pra acon--tecer, um sonho em que não acre-ditam...

— Que pena. Que será de nós?

No mesmo momento, numa velha adega transformada em casamata, na terra de ninguém entre as trincheiras, reuniam-se os generais humanos dos dois lados, disfarçados de soldados, com coronéis como guarda-costas, agachados como bandidos em torno de um mapa e uma lanterna. Dividiram o país em zonas, para onde recuariam os sobreviventes, deixando as armas no campo para coleta por uma missão internacional. Convocariam eleições livres e começariam um novo país, de concórdia e união em torno da reconstrução nacional e do progresso.

— E os cães, que será deles?

— Ainda são cães, não? A natureza se encarrega.

39. A boa luta

Quando viu pelos binóculos uma coluna inimiga lá adiante, Sol ordenou ao motorista para sair da rodovia e entrar numa estradinha rural. Ainda estava longe do sítio. Sol ordenou – agora ordenava duro – que camuflassem o jipe com galhos. O artilheiro protestou, empinando toda sua estatura de *dog alemão*:

— Prefiro lutar, senhor. Tenho uma bela arma, posso causar muito estrago naquela tropa, eles vão passar bem diante de nós e...

—Você quer virar herói, como todo cão, eu não – falou o motorista, pegando um dos galões de água e fugindo para o mato.

Sol disse que precisava salvar as prisioneiras, eram mais importantes que causar estragos no inimigo, e a pé teria mais chance de chegar ao Estado-Maior com elas. O *dog alemão* bateu continência com a pata enfaixada de curativo:

— Então vá, senhor. Eu fico aqui, retardando qualquer perseguição.

Sol botou o galão de água na mochila e chamou Leta:

— Vamos, mãe.

— Mãe? — o artilheiro se perguntou, mas não teve tempo de esperar resposta, a coluna inimiga passava pela estrada e ele ajeitou a mira, checou a munição e começou a atirar.

Já longe, Sol ouvia o tiroteio, até que a metralhadora parou de atirar, depois ouviram-se mais alguns tiros e silêncio. Leta olhou com seu olhar ansioso por respostas, mesmo que não entendesse, e ele falou com a melhor voz que conseguiu:

— Ele lutou... como um herói, mãe, mas chega de heróis. Vamos para casa viver em paz. Eu ainda tenho minha pistola e, se for preciso lutar ainda, lutarei por vocês apenas. Será uma boa luta.

Ela foi feliz atrás do filho, embora, apesar de não entender o que ele dizia, percebesse que sua voz estava diferente.

A caminho do sítio, Sol se orientando pelas estrelas, pararam para dormir e ele viu que a mãe e as irmãs se coçavam muito, cheias de pulgas. Então, mesmo sabendo que não iam entender, falou a elas com voz de quem conta histórias para crianças:

— Pulgas, mãe, são como cachorros, resistentes e adaptáveis. Eu li, não sei onde, que até lá na Antártica, nos laboratórios dos cientistas, acharam pulgas, e algumas até viajaram com astronautas! Todo ano o inverno mata bilhões, trilhões de pulgas no mundo (ah, mãe, você nem sabe o que é mundo...), mas depois, no verão, as pulgas voltam, nascendo de ovos que resistem ao frio.

Elas ouviam cabeceando, sabendo que, mesmo sem entender o que ele dizia, sua voz significava segurança e, depois de tudo, paz.

– Então a gente tem de combater as pulgas, minhas irmãs, mas também se acostumar com elas. Eu deito, cochilo e, em vez de me coçar, adormeço, sentindo aqueles bichinhos correndo pelo meu corpo, como se festejando para mim, me fazendo cafuné como dizem os humanos...

Ele viu o olhar da mãe cintilar, como quem entende. Entenderia mesmo? Estaria começando a entender?

– Tomara que não, mãe, tomara que continue apenas uma simples cachorra normal... porque – viu as irmãs já dormindo, a mãe bocejando – desconfio, mãe, que o destino não será bom para os cachorros como eu...

Olha as irmãs e a mãe dormindo juntas, os corpos já colados porque sabem que vai esfriar de madrugada, na inocência gostosa dos cachorros. Então ele também se ajunta e, ouvindo o ressonar delas, pela primeira vez, desde que foi pelo mundo para lutar, dorme tranquilo e feliz.

40. Enfim, festa

Os cientistas examinaram, estudaram e concluíram que as deformações dos novos cães, a partir daquela geração, seriam progressivas e irreversíveis. Seus esqueletos continuariam a deformar, não suportando o peso da musculatura. Os dentes cairiam, mal adaptados às novas mandíbulas. E, além de doenças degenerativas, também sofreriam de cardiopatologias, hipertensão, problemas circulários. Ouvindo as entrevistas, muitos cães gemeram:

— Irre-versíveis, degene-rativas, cardio-pato-logias... Como eles gostam de palavras difíceis!

Que alívio, pensaram os políticos eleitos para a reconstrução nacional. Com o fim dos cães, acabava a discórdia entre conservadores e evolucionários — e chegava ajuda humanitária do mundo todo, mantimentos, roupas, remédios e dinheiro, muito dinheiro...

O Congresso aprovou uma lei proibindo o cruzamento de cães ultragênicos. Assim, só os velhos cães, sobreviventes ainda dos antigos tempos, poderiam se reproduzir dali por diante, evitando que "O Problema Canino", como disseram os diplomatas, voltasse no futuro.

Alguns deputados sugeriram um monumento, para ser erguido no lugar de uma das mais ferozes batalhas, com o texto gravado em mármore:

> *Ao cão Desconhecido,*
> *que morreu lutando*
> *para evoluir e ser*
> *tudo que podia ter sido.*

Mas a ideia não foi aprovada pela maioria, que preferia nem mais ouvir falar em cães.

Enquanto isso, os cães continuavam morrendo em dolorosas agonias. O Congresso aprovou então outra lei, autorizando a eutanásia em cães, não importando seu grau de evolução.

— Você prefere veneno ou pistola? — muitos homens perguntaram no ouvido de seus velhos companheiros.

— Você quem sabe — responderam muitos cães. — Desde que não doa mais do que já está doendo.

Alguém teve a ideia de fazer uma festa de despedida para um são-bernardo, que tinha sobrevivido a batalhas e atentados, apesar de alvo fácil com o corpo enorme. Tinha balas ainda cravadas aqui e ali, andava se arrastando e estava magro como nunca tinham visto um são-bernardo. Mas sorria ainda, no modo arreganhado de sorrir dos novos cães, com seu focinho chato e voz cavernosa:

— Obrigado por tudo — arquejou. — Valeu. — E ainda sorria quando lhe deram a injeção letal.

Alguém gravou a cena em vídeo, acabou saindo num noticiário de tevê, depois num programa especial de domingo, e logo viraram mania as festas de despedida para cães.

Com a habitual criatividade, os humanos inventaram festas coletivas, até para minimizar custos e maximizar o ritual.

Orquestras tocavam em surdina, corais cantavam réquiens, velhos cachorreiros filmavam seus velhos cães, faziam pequenos discursos em voz baixa. Depois um só enfermeiro podia dar conta de uma dúzia de cães.

Alguns deixavam mensagens gravadas, como a pastora-belga Maga, com sua pelagem negra agrisalhada pela doença, mas a dicção perfeita e a voz quase humana:

— Oi, gente que fica neste mundo. Vou embora, não sei para onde, mas, se de lá puder lembrar de vocês, lembrarei com saudade, embora tão confusa. Não entendo vocês, mas isso deve ser pouco comparado com o fato de que também não entendemos por que existe tudo isso, o Universo, a Eternidade, a existência. Nós nem pensávamos nisso, aliás nem pensávamos, né, e vocês nos fizeram pensar e ver tanta coisa. Deve ter um sentido tudo isso, não? Eu gostaria de pensar que existimos para melhorar, nós que chegamos a pensar e poder escolher o que ser e fazer. Mas que sei eu, que sabemos nós?

Passou muitas vezes nas tevês a imagem de Maga, piscando maliciosa e amiga e, em seguida, se contraindo em dor, mas sorrindo e continuando:

— Fomos apenas cães que tiveram o privilégio e o espanto de começar a conhecer, e isso já foi uma grande aventura que devemos a vocês! Adeus! E sejam felizes, como dizem. Ai! Adeus, ou... até!

Jogou beijos com a pata atrofiada, tão humana quanto possível, e aí a imagem congelava. Essa imagem seria impressa e se tornaria símbolo do Movimento Memória Canina, dedicado a preservar testemunhos, fotos, filmes e objetos dos cães evoluídos.

Com o tempo, a canefilia se tornaria mania nacional e atração turística, gerando um rendoso comércio de lembranças caninas.

Alguns cães, sempre do contra como certos humanos, negaram-se a fazer da própria morte um ritual humano, e acabaram-se em cerimônias discretas.

Mas restaram, nas montanhas e fazendas distantes, cães normais, que nunca tinham comido ração, desses que latem para os passarinhos e uivam para a lua, cuidam de ovelhas ou vigiam as casas, guiam cegos e cuidam de crianças. Valorizados pela raridade, esses velhos cães, mas ainda férteis, foram comprados a altos preços pela gente das cidades, e se reproduziram tanto quanto se reproduzem cães sadios e bem cuidados.

Não demorou muito, muita gente voltou a ter cão, como dizem alguns, ou a conviver com cão, como dizem outros, esse animal que às vezes até parece gente, principalmente quando nos olha com gratidão, ou pedindo uma explicação, ou carinho, atenção, como querendo até falar, não?

41. Evolução

Sol não teve de lutar com mais ninguém na volta para o sítio, mas começou a lutar com as próprias dores. Leta percebeu quando ele começou a mancar, e depois a gemer, enquanto sua voz mudava.

– Não é nada, mãe, já-já passa... – mas ela, mesmo sem entender as palavras, entendia que ele piorava a cada dia.

No entanto, Leta se orgulhava de ver que, depois de uma semana seguindo estrelas, com a inteligência que só ele parecia ter, Sol subiu a um morro e apontou. Elas subiram e, quando chegaram lá, ofegantes, viram o vale e o sítio onde tinham sido tão felizes. Lua e Estrela, com a inocência dos jovens, desceram o morro correndo, mas Leta acompanhou a marcha lenta e dolorosa de Sol.

O homem e a mulher tinham voltado ao sítio, e ele reconstruía uma cerca, ela refazia a horta, quando viram as duas irmãs passando a correr pela porteira. Eles correram também, e se abraçaram como se abraçam cães e humanos, numa confusão de patas e braços, rolando pelo chão, a rir e latir.

– Ao menos dois voltaram! – disse a mulher.

– Não, voltaram todos! – O homem apontou, e Leta não resistiu, correu para o abraço, e depois todos correram para Sol. O sol se escondia atrás do morro, deixando o céu todo borrado de nuvens coloridas e, se alguém tivesse filmado aquilo, seria indescritível, então digamos que foi uma cena que só mesmo vendo.

Depois a mulher disse "vamos, vamos para casa", e o homem disse "vão, eu vou depois de recolher uns ovos". Tinham achado galinhas perdidas pelo campo, e tinham recuperado uma saca de trigo escondida, desenterrado batatas e cenouras escapadas da pilhagem, e até leite já tinham de uma vaca tão velha quanto esperta, que no mato tinha se refugiado da guerra.

Mesmo com dores, Sol teimou em trabalhar, ajudando o homem durante o dia, às vezes parando para descansar na sombra duma árvore alta. À noite, lia, primeiro os livros todos da casa, depois os que o homem trazia da biblioteca pública da cidade próxima. Leta ficava olhando o filho ler, sentado numa poltrona, e a mulher olhava Leta como uma amiga olha sua melhor amiga. Uma noite o homem perguntou:

— Por que você lê tanto, filho?

Sol baixou o livro, sorriu triste.

— Na verdade, pai, você quis perguntar: por que... Arquejou, já não tinha fôlego para frases longas.

— ...por que leio tanto... se não vou aproveitar, não é?

O homem baixou os olhos. Leta queria tanto entender o que falavam, as orelhas levantadas, o rabo erguido como se também pudesse ouvir.

— Eu leio — Sol sorriu — porque gosto.

Um dia, um vizinho visitou o homem, junto com seu cão, que ficou cheirando e rondando Lua. Leta latiu, Sol falou que isso era natural:

— Você também passou por isso, mãe, ou eu não teria nascido.

Ela entendeu o tom de voz, aceitou as visitas do cão todo fim de tarde, rondando Lua.

Num dia em que não conseguiu mais levantar de manhã, Sol parou de trabalhar e, depois, parou também de ler, quando não conseguia mais segurar o livro nas mapatas. Ficava deitado debaixo da maior árvore do terreiro, olhando longe. Leta então ficou a seu lado quase o tempo todo, lambendo o filho com a língua, de olhos fechados, ou lambendo com os olhos, quando ele dormia e não poderia ver a tristeza nos olhos dela.

Quando as dores se tornaram tão fortes que nem as injeções dadas pelo homem resolviam mais, Sol pediu:

— Me apague, pai.

O homem perguntou como, como?! Sol apontou a mochila, ali estava ainda sua pistola. O homem disse que não podia, não conseguiria, e Sol deu um sorriso torto de dor.

— Tá bom... Então... de dia, me coloquem na varanda... para ver o sol. E, de noite, perto da lareira... para ver o fogo.

Assim Sol passou seus últimos dias e noites, olhando o sol nascer, olhando o sol morrer, olhando o fogo arder, olhando o braseiro. Quando enfim dormia, Leta lhe lambia os olhos, deitava ao lado, ficava olhando a escuridão. Amanhecendo, Sol se arrastava para a varanda, olhava o nascente.

Uma noite, já mal conseguindo sussurrar, disse que queria falar. O homem agachou, para a orelha quase tocar no focinho de Sol. Depois, contaria à mulher que Sol tinha agradecido por tudo, o tempo feliz que tinham vivido ali, o tempo feliz que a mãe e as irmãs iriam ainda viver, e, principalmente, tinha agradecido pelo amor entre eles, humanos e cães. O homem chorou, e Sol consolou:

— Não chore... que me dá inveja.

Conseguiu ainda até sorrir e brincar:

— Uma coisa que... nenhum cão conseguiu... é chorar...

Ficou olhando o vazio, como tentando entender, até que falou mastigando devagar as palavras:

— Re...vo...lução... e... vo...lução... Palavras quase iguais, né... e tão diferentes...

Olhou o homem nos olhos e falou suas penúltimas palavras:

— Evolução... é amar e viver em paz.

Depois, Leta passaria a deitar debaixo da grande árvore onde fizeram a cova do filho, vendo Estrela a brincar no terreiro, Lua a fugir para o mato com seu cão, vivas graças a Sol. E, mesmo sem entender, olhava na lápide de madeira as palavras escritas ali pelo homem, com o canivete militar de Sol, sem saber que, deitada ali e lembrando dele, mesmo sem entender cumpria suas últimas palavras:

— Amando estamos sempre juntos.

Autor e obra

Domingos Pellegrini é escritor de contos, romances, poesia e livros infantis e juvenis. Seu romance *A Árvore Que Dava Dinheiro*, publicado pela Moderna em 1981, trata de dinheiro e felicidade, e tornou-se um dos livros juvenis mais adotados pelas escolas brasileiras, como também *As batalhas do castelo*, que trata de trabalho e cooperativismo. *A revolução dos cães* completa, assim, uma trilogia de Pellegrini sobre temas éticos, com uma história de ficção científica sobre guerra e amor.